중2
둘째 권

국어 교과서가 선택한

중학교 소설 읽기

전국국어교사모임 엮음

국어 교과서가 선택한
중학교 소설 읽기 : 중2 둘째 권

초판 1쇄 • 2025년 12월 22일

엮은이 | 전국국어교사모임(강양희, 강건후, 김중수, 남보라)
펴낸이 | 송영석

개발 총괄 | 정덕균
개발 1실장 | 조성진
편집 진행 | 김영미
마케팅 | 이원영, 한종수, 이종오, 최해리, 오시은
도서 관리 | 송우석, 박진숙
표지·본문 디자인 | 임진성, 이유리
일러스트레이션 | 김수정, 손채은, 안준석, 이명희, 이수희

펴낸곳 | (주)해냄에듀
신고번호 | 제406-2005-000107
주소 | 서울특별시 마포구 잔다리로 30 해냄빌딩 3, 4층
전화 | (02)323-9953
팩스 | (02)323-9950
홈페이지 | http://www.hnedu.co.kr

ISBN 978-89-6446-298-0(43810)

중2
둘째 권

국어 교과서가 선택한

중학교 소설 읽기

전국국어교사모임 엮음

해냄에듀

국어 교과서가 선택한 소설들을 엮으며

우리는 소설을 왜 읽을까요?

"바람이 불어온다. 모든 것을 데려가고, 또 모든 것을 남겨둔 채."

"눈이 하늘에서 내려오는 침묵이라면 비는 하늘에서 떨어지는 끝없이 긴 문장들인지도 모른다."

이 멋진 문장들은 노벨문학상 수상자인 한강 작가의 소설에 나오는 것들입니다. 우리가 소설을 읽지 않는다면 이런 문장들을 어떻게 만날 수 있을까요? 이처럼 소설은 우리에게 아름답고 감성적인, 혹은 삶의 철학과 지혜가 담긴 언어들을 안겨 줍니다. 재미있는 이야기에 빠져 드라마를 보듯, 소설에는 물론 재미있는 이야기도 들어 있지요. 또한 소설 속에는 다양한 사람들이 살고 있어 인간이 겪는 다채로운 갈등과 삶의 모습을 보여 줍니다. 우리는 소설이 만든 세상에 들어가 주인공의 감정을 그대로 느끼기도 하고, 안타까워하기도 하면서 간접 체험을 합니다. 살아가면서 매우 중요한 감정, 즉, 세상과 타인을 이해하는 마음은 이렇게 소설을 읽는 과정을 통해 자연스럽게 배우게 됩니다. 작가의 치밀한 계산 아래 등장하는 인물들의 생각과 행동을 통해 지혜로움과 생각하는 힘을 기를 수도 있지요. 청소년기에 좋은 소설을 읽는 것이 꼭 필요한 것은 이런 까닭입니다.

그렇다면 우리는 어떤 소설을 읽어야 할까요?

엄청나게 쏟아지는 청소년 소설과 중학생 권장 도서 목록 중 '좋은 소설'을 고르는 일은 쉽지 않습니다. 길이 많고 복잡하다면 우선 큰길에 서 보아야겠지요. 큰길에 서서 보면 작은 길, 지름길 등이 어디로 뻗어 나가고 있는지 확인할 수 있으니까요. 중학교 국어 교과서에 실린 소설을 먼저 읽어야 할 이유가 바로 여기에 있습니다.

초등학교와 달리 중학교는 국어 교과서가 여러 종류이며, 교육과정이 바뀔 때마다 수록되는 소설도 바뀝니다. 이 책에 실린 소설은 '2022 개정 교육 과정'에 따라 2025년부터 배우게 되는 10종의 국어 교과서에서 학생들이 꼭 읽어야 할 작품을 가려 뽑은 것입니다.

이 책은 어떻게 구성되었나요?

학생들이 어떤 소설에 열광하고 어떤 작품을 지루해하는지 가장 잘 아는 선생님들, 어떻게 하면 학생들이 소설을 즐겁게 만날 수 있을까를 고민하는 국어 선생님들이 모여서 이 책을 만들었습니다.

이 책은 혼자 문학 공부를 할 수 있도록 만들어졌고, 독서 토론 활동이나 학교의 창의적 체험 활동 시간에도 활용할 수 있도록 구성하였습니다. 소설 본문 뒤에는 작품의 내용 이해를 돕는 활동, 생각을 깊고 넓게 만들어 주는 질문을 마련했습니다. 전체 해설은 물론, 소주제별 작품 해설을 더해 감상의 폭을 더욱 넓히도록 했습니다. 또한, 제한된 지면 너머로 사고를 확장시키기 위해 함께 읽으면 좋을 작품들도 '엮어 읽기' 꼭지에서 소개하고 있습니다.

소설이 주는 재미! 다양한 삶을 만나는 감동! 스스로 공부하는 즐거움! 부디 이 책을 통해 세 마리 토끼를 모두 잡을 수 있기를 바랍니다.

• 『중학교 소설 읽기』 시리즈 집필자 일동 •

차례

| 일러두기 |

- 이 책에 실린 교과서의 소설들은 2022 개정 교육과정에 따른 중학교 국어 2-1과 2-2 교과서 10종에 실린 작품들입니다. 각 작품이 실린 교과서는 이 책의 뒷부분에 있는 '작품 수록 교과서'를 참고하시기 바랍니다.
- 이해하기 어려운 어휘는 풀이를 달았습니다.
- 본문의 작품에 따른 '활동하기'에 대한 예시 답안은 이 책의 맨 뒤에 수록하였으며, 해냄에듀 홈페이지(http://www.hnedu.co.kr)를 통해서도 그 내용을 보실 수 있습니다.

수난이대

국어 교과서가 선택한 소설 읽기

01

'수난'은 몹시 어렵고 고통스러운 일을 겪는 것을, '이대'는 두 세대, 즉 아버지와 아들을 뜻해요. 따라서 '수난이대'는 두 세대가 겪은 고통과 아픔을 말하죠.

우리 민족은 오랜 시간 동안 일제 강점기나 전쟁 같은 역사적인 시련을 겪어 왔어요. 이 작품은 오랜만에 전쟁터에서 돌아온 아들을 만난 아버지가 아들과 함께 걷는 짧은 여정을 통해, 역사의 소용돌이 속에서 평범한 사람들이 감당해야 했던 삶의 무게를 보여 줍니다. 과연 이 부자는 서로에게 어떤 말을 건넬까요? 그리고 그들의 걸음은 우리에게 어떤 이야기를 들려줄까요?

하근찬

수난이대•

진수가 돌아온다. 진수가 살아서 돌아온다. 아무개는 전사•했다는 통지가 왔고, 아무개는 죽었는지 살았는지 통 소식이 없는데, 우리 진수는 살아서 오늘 돌아오는 것이다. 생각할수록 어깻바람•이 날 일이다. 그래 그런지 몰라도 박만도는 여느 때 같으면 아무래도 한두 군데 앉아 쉬어야 넘어설 수 있는 용머리재를 단숨에 올라채고 만 것이다. 가슴이 펄럭거리고 허벅지가 뻐근했다.

그러나 그는 고갯마루에서도 쉴 생각을 하지 않았다. 들 건너 멀리 바라보이는 정거장에서 연기가 몰씬몰씬 피어오르며 삐익 기적 소리가 들려왔기 때문이다. 아들이 타고 내려올 기차는 점심때가 가까워야 도착한다는 것을 모르는 바 아니다. 해가 이제 겨우 산등성이 위로 한 뼘가량 떠올랐으니, 오정•이 되려면 아직 차례 먼 것이다. 그러나 그는 공연히 마음이 바빴다.

'까짓것, 잠시 앉아 쉬면 뭐할 끼고.'

• **이대** 두 세대를 의미함.
• **전사** 전쟁터에서 적과 싸우다 죽음.
• **어깻바람** 신이 나서 어깨를 으쓱거리며 활발히 움직이는 기운.
• **오정** 낮 열두 시.

손가락으로 한쪽 콧구멍을 찍 누르면서 팽! 마른 코를 풀어 던졌다. 그리고 휘청휘청 고갯길을 내려가는 것이다.

내리막은 오르막에 비하면 아무것도 아니었다. 대고• 팔을 흔들라치면 절로 굴러 내려가는 것이다. 만도는 오른쪽 팔만을 앞뒤로 흔들고 있었다. 왼쪽 팔은 조끼 주머니에 아무렇게나 쑤셔 넣고 있는 것이다.

'삼대독자가 죽다니 말이 되나. 살아서 돌아와야 일이 옳고말고. 그런데 병원에서 나온다 하니 어디를 좀 다치기는 다친 모양이지만, 설마 나같이 이렇게사 되진 않았겠지.'

만도는 왼쪽 조끼 주머니에 꽂힌 소맷자락을 내려다보았다. 그 소맷자락 속에는 아무것도 든 것이 없었다. 그저 소맷자락만이 어깨 밑으로 덜렁 처져 있는 것이다. 그래서 노상 그쪽은 조끼 주머니 속에 꽂혀 있는 것이다.

'볼기짝•이나 장딴지 같은 데를 총알이 약간 스쳐 갔을 따름이겠지. 나처럼 팔뚝 하나가 몽땅 달아날 지경이었다면, 그 엄살스러운 놈이 견뎌 냈을 턱이 없고말고.'

슬며시 걱정이 되기도 하는 듯 그는 속으로 이런 소리를 주워섬겼다.

내리막길은 빨랐다. 벌써 고갯마루가 저만큼 높이 쳐다보이는 것이다. 산모퉁이를 돌아서면 이제 들판이다. 내리막길을 쏘아 내려온 기운 그대로, 만도는 들길을 잔걸음 쳐 나가다가 개천 둑에 이르

• **대고** 무리하게 자꾸. 또는 계속하여 자꾸.
• **볼기짝** '볼기'를 낮춰 부르는 말로서 '볼기'는 뒤쪽 허리 아래, 허벅다리 위의 양쪽으로 살이 불룩한 부분.

러서야 걸음을 멈추었다. 외나무다리가 놓여 있는 조그마한 시냇물이었다. 한여름 장마철에는 들어설라치면 배꼽이 묻히는 수도 있었지마는, 요즈막엔 무릎이 잠길 듯 말 듯한 물인 것이다. 가을이 깊어지면서부터 물은 밑바닥이 환히 들여다보일 만큼 맑아져 갔다. 소리도 없이 미끄러져 내려가는 물을 가만히 내려다보고 있으면, 절로 이빨이가 시려 온다.

만도는 물기슭에 내려가서 쭈그리고 앉아 한 손으로 고의춤•을 풀어 헤쳤다. 오줌을 찌익 깔기는 것이다. 거울 면처럼 맑은 물 위에 오줌이 가서 부글부글 끓어오르며 뿌연 거품을 이루니 여기저기서 물고기 떼가 모여든다. 제법 엄지손가락만씩 한 피리•도 여러 마리다.

'한 바가지 잡아서 회 쳐 놓고 한잔 쭉 들이켰으면…….'

군침이 목구멍에서 꿀꺽했다. 고기 떼를 향해서 마른 코를 팽팽 풀어 던지고, 그는 외나무다리를 조심히 디뎠다.

길이가 얼마 되지 않는 다리였으나 아래로 물을 내려다보면 제법 어찔했다. 그는 이 외나무다리를 퍽 조심한다.

언젠가 한번, 읍에서 술이 꽤 되어 가지고 흥청거리며 돌아오다가, 물에 굴러떨어진 일이 있었던 것이다. 지나치는 사람이 없었기에 망정이지, 누가 보았더라면 큰 웃음거리가 될 뻔했었다. 발목 하나를 약간 접쳤을 뿐, 크게 다친 데는 없었다. 이른 가을철이었기 때문에 옷을 벗어 둑에 늘어놓고 말릴 수는 있었으나, 여간 창피스

• **고의춤** 바지의 허리를 접어서 여민 사이.
• **피리** '송사리'의 경남, 전남 방언.

러운 것이 아니었다. 옷이 말짱 젖었다거나 옷이 마를 때까지 발가벗고 기다려야 한다거나 해서가 아니었다. 팔뚝 하나가 몽땅 잘라져 나간 흉측한 몸뚱어리를 하늘 앞에 드러내 놓고 있어야 했기 때문이었다. 지나치는 사람이 있을라치면, 하는 수 없이 물속으로 뛰어 들어가서 얼굴만 내놓고 앉아 있었다. 물이 선뜩해서 아래턱이 덜덜거렸으나, 오그라든 사타구니께를 한 손으로 꽉 움켜쥐고 버티는 수밖에 없었다.

"흐흐흐……."

그때 일을 생각하면 지금도 곧 웃음이 터져 나오는 것이다. 하늘로 쳐들린 콧구멍이 벌름거렸다.

개천을 건너서 논두렁길을 한참 부지런히 걸어가노라면 읍으로 들어가는 한길•이 나선다. 도로변에 먼지를 부옇게 덮어쓰고 도사리고• 앉아 있는 초가집은 주막이었다. 만도가 읍에 나올 때마다 꼭 한 번씩 들르곤 하는 단골집인 것이다. 이 집 눈썹이 짙은 여편네와는 예사로 농•을 주고받는 사이다.

술방 문턱을 넘어서며 만도가,

"서방님 들어가신다."

하면 여편네는,

"아이 문둥아 어서 오느라."

하는 것이 인사처럼 되어 있었다. 만도는 여간 언짢은 일이 있어도 이 여편네의 궁둥이 곁에 가서 앉으면 속이 절로 쑥 내려가는 것이

• **한길** 사람이나 차가 많이 다니는 넓은 길.
• **도사리다** 팔다리를 함께 모으고 몸을 웅크리다. 깊숙이 자리 잡다.
• **농** 농담. 실없이 놀리거나 장난으로 하는 말.

었다.

주막 앞을 지나치면서 만도는 술방 문을 열어 볼까 했으나, 방문 앞에 신이 여러 켤레 널려 있고, 방 안에서 웃음소리가 요란하기 때문에 돌아오는 길에 들르기로 했다. 신작로에 나서면 금시 읍이었다. 만도는 읍 들머리에서 잠시 망설이다가, 정거장 쪽과는 반대되는 방향으로 길을 놓았다. 장거리를 찾아가는 것이었다. 진수가 돌아오는데 고등어나 한 손 사 가지고 가야 될 거 아닌가 싶어서였다. 장날은 아니었으나, 없는 고기가 없었다. 이것을 살까 하면 저것이 좋아 보이고, 그것을 사러 가면 또 그 옆의 것이 먹음직해 보였다. 한참 이리저리 서성거리다가 결국은 고등어 한 손이었다. 그것을 달랑달랑 들고 정거장을 향해 가는데, 겨드랑 밑이 간질간질해 왔다. 그러나 한쪽밖에 없는 손에 고등어를 들었으니 참 딱했다. 어깻죽지를 연방 위아래로 움직거리는 수밖에 없었다. 정거장 대합실에 들어선 만도는 먼저 벽에 걸린 시계부터 바라보았다. 두 시 이십 분이었다.

'벌써 두 시 이십 분이라니 내가 잘못 보나?'

아무리 두 눈을 씻고 보아도 시계는 틀림없는 두 시 이십 분이었다. 한쪽 걸상에 가서 궁둥이를 붙이면서도 곧장 미심쩍어했다.

'두 시 이십 분이라니, 그럼 벌써 점심때가 겨웠단• 말인가?'

말도 아닌 것이다. 자세히 보니 시계는 유리가 깨어졌고 먼지가 꺼멓게 앉아 있었다.

'그러면 그렇지.'

• **겹다** 때가 지나거나 기울어서 늦다.

엉터리였다. 벌써 그렇게 되었을 리가 없는 것이다.

"여보이소, 지금 몇 싱교?"

맞은편에 앉은 양복쟁이한테 물어보았다.

"열 시 사십 분이오."

"예, 그렁교."

만도는 고개를 굽실하고는 두 눈을 연방 껌벅거렸다.

'열 시 사십 분이라. 보자, 그럼 아직도 한 시간이나 넘어 남았구나.'

그는 안심이 되는 듯 후유 숨을 내쉬었다. 궐련•을 한 개 빼 물고 불을 댕겼다. 정거장 대합실에 와서 이렇게 도사리고 앉아 있노라면, 만도는 곧잘 생각나는 일이 한 가지 있었다. 그 일이 머리에 떠오르면 등골을 찬 기운이 쫙 스쳐 내려가는 것이었다. 손가락이 시퍼렇게 굳어져서 이끼 낀 나무토막 같은 팔뚝이 지금도 저만큼 눈앞에 보이는 듯했다.

바로 이 정거장 마당에 백 명 남짓한 사람들이 모여 웅성거리고 있었다. 그중에는 만도도 섞여 있었다. 기차를 기다리고 있는 것이었으나 그들은 모두 자기네들이 어디로 가는 것인지 알지를 못했다. 그저 차를 타라면 탈 사람들이었다. 징용에 끌려 나가는 사람들이었다. 그러니까, 지금으로부터 십이삼 년 옛날의 이야기인 것이다.

북해도• 탄광으로 갈 것이라는 사람도 있었고 틀림없이 남양 군

• **궐련** 얇은 종이로 가늘고 길게 말아 놓은 담배.
• **북해도** 일본 '홋카이도'를 한자음으로 읽은 이름.

도•로 간다는 사람도 있었다. 더러는 만주로 가면 좋겠다고 하기도 했다. 만도는 북해도가 아니면 남양 군도일 것이고, 거기도 아니면 만주겠지, 설마 저희들이 하늘 밖으로야 끌고 갈까 보냐고 아무렇지도 않은 듯이 그 들창코로 담배 연기를 푹푹 내뿜고 있었다. 그러나 마음이 좀 덜 좋은 것은 마누라가 저쪽 변소 모퉁이 벚나무 밑에 우두커니 서서 한눈도 안 팔고 이쪽만을 바라보고 있는 때문이었다. 그래서 그는 주머니 속에 성냥을 두고도 옆 사람에게 불을 빌리자고 하며 슬며시 돌아서 버리곤 했다. 플랫폼으로 나가면서 뒤를 돌아보니 마누라는 울 밖에 서서 수건으로 코를 눌러 대고 있는 것이었다. 만도는 코허리가 찡했다. 기차가 꽥꽥 소리를 지르면서 덜커덩! 하고 움직이기 시작했을 때는 정말 속이 덜 좋았다. 눈앞이 뿌옇게 흐려지는 것을 어쩌지 못했다. 그러나 정거장이 까맣게 멀어져 가고 차창 밖으로 새로운 풍경이 휙휙 날아들자 그만 아무렇지도 않아지는 것이었다. 오히려 기분이 유쾌해지는 것 같기도 했다.

바다를 본 것도 처음이었고, 그처럼 큰 배에 몸을 실어 본 것은 더구나 처음이었다. 배 밑창에 엎드려서 꽥꽥 게워 내는 사람들이 많았으나, 만도는 그저 골이 좀 띵했을 뿐 아무렇지도 않았다. 더러는 하루에 두 개씩 주는 주먹밥을 남기기도 했으나, 그는 한꺼번에 하루 것을 뚝딱해도 시원찮았다. 모두들 내릴 준비를 하라는 명령이 떨어진 것은 사흘째 되는 날 황혼 때였다. 제가끔 봇짐을 챙기기에 바빴다. 만도도 호박 덩이만 한 노따리를 옆구리에 덜렁 찼다. 갑판 위에 올라가 보니 하늘은 활활 타오르고 있고, 바닷물은 불에

• **남양 군도** 태평양의 적도 부근에 흩어져 있는 섬의 무리.

녹은 쇠처럼 벌겋게 출렁거리고 있었다. 지금 막 태양이 물 위로 뚝 딱 떨어져 가는 것이었다. 햇덩어리가 어쩌면 그렇게 크고 붉은지 정말 처음이었다. 그리고 바다 위에 주황빛으로 번쩍거리는 커다란 산이 둥둥 떠 있는 것이었다. 무시무시하도록 황홀한 광경에 모두들 딱 벌어진 입을 다물 줄 몰랐다. 만도는 어깨를 버쩍 들어 올리면서, 히야아 고함을 질러 댔다. 그러나 섬에서 그들을 기다리고 있는 것은 숨 막히는 더위와 강제 노동과 그리고 잠자리만씩이나 한 모기떼……. 그런 것뿐이었다.

섬에다가 비행장을 닦는 것이었다. 모기에게 물려 혹이 된 자리를 벅벅 긁으며, 비 오듯 쏟아지는 땀을 무릅쓰고 아침부터 해가 떨어질 때까지 산을 허물어 내고, 흙을 나르고 하기란 고향에서 농사일에 뼈가 굳어진 몸에도 이만저만한 고역•이 아니었다. 물도 입에 맞지 않았고 음식도 이내 변하곤 해서 도저히 견디어 낼 것 같지가 않았다. 게다가 병까지 돌았다. 일을 하다가도 벌떡 자빠지기가 예사였다. 그러나 만도는 아침저녁으로 약간씩 설사를 했을 뿐 넘어지지는 않았다. 물도 차츰 입에 맞아 갔고, 고된 일도 날이 감에 따라 몸에 배어드는 것이었다. 밤에 날개를 치며 몰려드는 모기떼만 아니면 그냥저냥 배겨 내겠는데, 정말 그놈의 모기들만은 질색이었다.

사람의 힘이란 무서운 것이었다. 그처럼 험난하던 산과 산 틈바구니에 비행장을 다듬어 내고야 말았던 것이다. 그러나 일은 그것으로 끝나는 것이 아니고, 오히려 더 벅찬 일이 닥치는 것이었다. 연합군의 비행기가 날아들면서부터 일은 밤중까지 계속되었다. 산

• **고역** 몹시 힘들고 고되어 견디기 어려운 일.

허리에 굴을 파 들어가는 것이었다. 비행기를 집어넣을 굴이었다. 그리고 모든 시설을 다 굴속으로 옮겨야 하는 것이었다.

여기저기서 다이너마이트 튀는 소리가 산을 흔들어 댔다. 앵앵앵 하고 공습경보•가 나면 일을 하던 손을 놓고 모두가 굴 바닥에 납작납작 엎드려 있어야 했다. 비행기가 돌아갈 때까지 그러고 있는 것이었다. 어떤 때는 근 한 시간 가까이나 엎드려 있어야 하는 때도 있었는데 차라리 그것이 얼마나 편한지 몰랐다. 그래서 더러는 공습이 있기를 은근히 기다리기도 했다. 때로는 공습경보의 사이렌을 듣지 못하고 그냥 일을 계속하는 수도 있었다.

그럴 때는 모두 큰 손해를 보았다고 야단들이었다. 어떻게 된 셈인지 사이렌이 미처 불기 전에 비행기가 산등성이를 넘어 달려드는 수도 있었다. 그럴 때는 정말 질겁을 하는 것이었다. 가장 많은 손해를 입는 것도 그런 경우였다. 만도가 한쪽 팔뚝을 잃어버린 것도 바로 그런 때의 일이었다.

여느 날과 다름없이 굴속에서 바위를 허물어 내고 있었다. 바위 틈서리에 구멍을 뚫어서 다이너마이트 장치를 하는 것이었다. 장치가 다 되면 모두 바깥으로 나가고 한 사람만 남아서 불을 댕기는 것이다. 그리고 그것이 터지기 전에 얼른 밖으로 뛰어나와야 한다. 만도가 불을 댕기는 차례였다. 모두 바깥으로 나가 버린 다음, 그는 성냥을 꺼내었다. 그런데 웬 영문인지 기분이 꺼림칙했다. 모기에게 물린 자리가 자꾸 쑥쑥 쑤시는 것이었다. 긁적긁적 긁어 댔으나

• **공습경보** 적의 항공기가 공습하여 왔을 때 위험을 알리는 경보. 사이렌, 종, 깃발, 육성 따위의 신속한 통신 수단을 이용한다.

도무지 시원한 맛이 없었다. 그는 이맛살을 찌푸리면서 성냥을 득! 그었다. 그래 그런지 몰라도 불은 이내 픽 하고 꺼져 버렸다. 성냥 알맹이 네 개째에서 겨우 심지에 불이 댕겨졌다. 심지에 불이 붙는 것을 보자, 그는 얼른 몸을 굴 밖으로 날렸다. 바깥으로 막 나서려는 때였다. 산이 무너지는 소리와 함께 사나운 바람이 귓전을 후려갈기는 것이었다. 만도는 정신이 아찔했다. 공습이었던 것이다. 산등성이를 넘어 달려든 비행기가 머리 위로 아슬아슬하게 지나가는 것이다. 미처 정신을 차리기도 전에 또 한 대가 뒤따라 날아드는 것이 아닌가? 만도는 그만 넋을 잃고 굴 안으로 도로 달려 들어갔다. 달려 들어가서 굴 바닥에 아무렇게나 팍 엎드려 버리고 말았다. 그 순간이었다. 쾅! 굴 안이 미어지는 듯하면서 다이너마이트가 터졌다. 만도의 두 눈에서 불이 번쩍했다.

만도가 어렴풋이 눈을 떠 보니 바로 거기 눈앞에 누구의 것인지 모를 팔뚝이 하나 아무렇게나 던져져 있었다. 손가락이 시퍼렇게 굳어져서, 마치 이끼 낀 나무토막처럼 보이는 팔뚝이었다. 만도는 그것이 자기의 어깨에 붙어 있던 것인 줄을 알자 그만 으악! 하고 정신을 잃어버렸다. 재차 눈을 떴을 때는 그는 푹신한 담요 속에 누워 있었고, 한쪽 어깻죽지가 못 견디게 쿡쿡 쑤셔 댔다. 절단 수술은 이미 끝난 뒤였다.

꽤애액 기차 소리였다. 멀리 산모퉁이를 돌아오는가 보다. 만도는 자리를 털고 벌떡 일어서며 옆에 놓아둔 고등어를 집어 들었다. 기적 소리가 가까워질수록 그의 가슴이 울렁거렸다. 대합실 밖으로 뛰어나가 플랫폼이 잘 보이는 울타리 쪽으로 가서 발돋움을 했다.

땡땡땡…… 종이 울자, 한참 만에 차는 소리를 지르면서 달려들었다. 기관차의 옆구리에서는 김이 픽픽 풍겨 나왔다. 만도의 얼굴은 바짝 긴장되었다. 시꺼먼 열차 속에서 꾸역꾸역 사람들이 나왔다. 꽤 많은 손님이 쏟아져 내리는 것이었다. 만도의 두 눈은 곧장 이리저리 굴렀다. 그러나 아들의 모습은 쉽사리 눈에 띄지 않았다. 저쪽 출찰구•로 밀려가는 사람의 물결 속에 두 개의 지팡이를 짚고 절룩거리면서 걸어 나가는 상이군인•이 있었으나, 만도는 그 사람에게 주의가 가지는 않았다. 기차에서 내릴 사람은 모두 내렸는가 보다. 이제 미처 차에 오르지 못한 사람들이 플랫폼을 이리저리 서성거리고 있을 뿐인 것이다.

'그놈이 거짓으로 편지를 띄웠을 리는 없을 건데…….'

만도는 자꾸 가슴이 떨렸다.

'이상한 일이다.'

하고 있을 때였다. 분명히 뒤에서

"아부지!"

부르는 소리가 들렸다. 만도는 깜짝 놀라며, 얼른 뒤를 돌아보았다. 그 순간 만도의 두 눈은 무섭도록 크게 떠지고, 입은 딱 벌어졌다. 틀림없는 아들이었으나, 옛날과 같은 진수는 아니었다. 양쪽 겨드랑이에 지팡이를 끼고 서 있는데, 스쳐 가는 바람결에 한쪽 바짓가랑이가 펄럭거리는 것이 아닌가. 만도는 눈앞이 노래지는 것을 어쩌지 못했다. 한참 동안 그저 멍멍하기만 하다가 코허리가 찡해

• **출찰구** 차표나 배표 따위를 손님에게 파는 창구 또는 차나 배에서 내린 손님이 표를 내고 나가거나 나오는 곳.

• **상이군인** 전투나 군사상 공무 중에 몸을 다친 군인.

지면서 두 눈에 뜨거운 것이 핑 도는 것이었다.

"에라이 이놈아!"

만도의 입술에서 모지게 튀어나온 첫마디였다. 떨리는 목소리였다. 고등어를 든 손이 불끈 주먹을 쥐고 있었다.

"이기 무슨 꼴이고 이기."

"아부지!"

"이놈아 이놈아……."

만도의 들창코가 크게 벌름거리다가 훌쩍 물코를 들이마셨다. 진수의 두 눈에서는 어느 결에 눈물이 꾀죄죄하게 흘러내리고 있었다. 만도는 진수의 잘못이기나 한 듯 험한 얼굴로

"가자 어서!"

무뚝뚝한 한마디를 내던지고는 성큼성큼 앞장을 서 가는 것이었다. 진수는 입술에 내려와 묻는 짭짤한 것을 혀끝으로 날름 핥아 버리면서 절름절름 아버지의 뒤를 따랐다. 앞장서 가는 만도는 뒤따

라오는 진수를 한 번도 돌아보지 않았다. 한눈을 파는 법도 없었다. 무겁디무거운 짐을 진 사람처럼 땅바닥만을 내려다보며, 이따금 끙끙거리면서 부지런히 걸어만 가는 것이다. 지팡이에 몸을 의지하고 걷는 진수가 성한 사람의, 게다가 부지런히 걷는 걸음을 당해 낼 수는 도저히 없었다. 한 걸음 두 걸음씩 뒤지기 시작한 것이 그만 작은 소리로 불러서는 들리지 않을 만큼 떨어져 버리고 말았다. 진수는 목구멍을 왈칵 넘어오려는 뜨거운 기운을 참느라고, 어금니를 야물게 깨물어 보기도 했다. 그리고 두 개의 지팡이와 한 개의 다리를 열심히 움직여 대는 것이었다. 앞서간 만도는 주막집 앞에 이르자, 비로소 한 번 뒤를 돌아보았다. 진수는 오다가 나무 밑에 서서 오줌을 누고 있었다. 지팡이는 땅바닥에 던져 놓고, 한쪽 손으로는 볼일을 보고, 한쪽 손으로는 나무둥치를 안고 있는 꼬락서니가 을씨년스럽기• 이를 데 없다. 만도는 눈살을 찌푸리며, 으음! 하고 신음 소리 비슷한 무거운 소리를 토했다. 그리고 술방 앞으로 가서 방문을 왈칵 잡아당겼다.

기역 자 판 안에 도사리고 앉아서 속옷을 뒤집어 이를 잡고 있던 여편네가 킥! 하고 웃으며 후닥닥 옷섶을 여몄다. 그러나 만도는 웃지를 않았다. 방문턱을 넘어서면서도 서방님 들어가신다는 소리를 지르지 않았다. 아마 이처럼 뚝뚝한 얼굴을 하고 이 술방에 들어서기란 처음일 것이다. 여편네가 멋도 모르고

"오늘은 서방님 아닌가 배."

하고 킬킬 웃었으나, 만도는 "으음!" 또 무거운 신음 소리를 했을

• **을씨년스럽다** 보기에 날씨나 분위기 따위가 몹시 스산하고 쓸쓸한 데가 있다.

뿐이었다. 기역 자 판 앞에 가서 쭈그리고 앉기가 바쁘게

"빨리빨리."

재촉이었다.

"핫다나 어지간히도 바쁜가 배."

"빨리 곱빼기로 한 사발 달라니까구다."

"오늘은 와 이카노?"

여편네가 주는 술 사발을 받아 들며, 만도는 후유 한숨을 크게 내쉬었다. 그리고 입을 얼른 사발로 가져갔다. 꿀꿀꿀 잘도 넘어간다. 그 큰 사발을 단숨에 비워 버리고는 도로 여편네 앞으로 불쑥 내민다. 그렇게 거들빼기•로 석 잔을 해치우고서 으으윽! 게트림을 했다. 여편네가 눈이 휘둥그레져 가지고 혀를 내둘렀다. 빈속에 술을 그처럼 때려 마시고 보니 금세 눈두덩이 확확 달아오르고, 귀뿌리가 발갛게 익어 갔다. 술기가 얼근하게 돌자, 이제 좀 속이 풀리는 것 같아 방문을 열고 바깥을 내다보았다. 진수는 이마에 땀을 척척 흘리면서 다 와 가고 있었다.

"진수야!"

버럭 소리를 질렀다.

"이리 들어와 보래."

"……."

진수는 아무런 대꾸도 없이 어기적어기적 다가왔다. 다가와서 방문턱에 걸터앉으니까, 여편네가 보고

"방으로 좀 들어오이소."

• 거들빼기 연거푸.

한다.

"여기 좋심더."

그는 수세미 같은 손수건으로 이마와 코언저리를 아무렇게나 훔친다.

"마, 아무 데서나 묵어라. 저…… 국수 한 그릇 말아 주소."

"야."

"곱빼기로 잘 좀…… 참지름도 치소, 잉?"

"야아."

여편네는 코로 히죽 웃으면서 만도의 옆구리를 살짝 꼬집고는 소쿠리에서 삶은 국수 두 뭉텅이를 집어 든다.

진수가 국수를 훌훌 그러넣고 있을 때, 여편네는 만도의 귓전으로 얼굴을 갖다 댄다.

"아들이가?"

만도는 고개를 약간 앞뒤로 끄덕거렸을 뿐, 좋은 기색을 하지 않았다. 진수가 국물을 훌쩍 들이마시고 나자, 만도는

"한 그릇 더 묵을래?"

한다.

"아니예."

"한 그릇 더 묵지 와?"

"고만 묵을랍니더."

진수는 입술을 싹 닦으며 부스스 자리에서 일어났다.

주막을 나선 그들 부자는 논두렁길로 접어들었다. 아까와 같이 만도가 앞장을 서는 것이 아니라 이번에는 진수를 앞세웠다. 지팡

이를 짚고 기우뚱기우뚱 앞서가는 아들의 뒷모습을 바라보며, 팔뚝이 하나밖에 없는 아버지가 느릿느릿 따라가는 것이다. 손에 매달린 고등어가 대고 달랑달랑 춤을 춘다. 너무 급하게 들이부어서 그런지, 만도의 뱃속에서는 우글우글 술이 끓고 다리가 휘청거린다. 콧구멍으로 더운 숨을 훅훅 내뿜어 본다. 정신이 아른하다. 좋다.

"진수야!"

"예."

"니 우짜다가 그래 댔노?"

"전쟁하다가 이래 안 댔심니꾜, 수류탄 쪼가리에 맞았심더."

"수류탄 쪼가리에?"

"예."

"음……."

"얼른 낫지 않고 막 썩어 들어가기 땜에 군의관이 짤라 버립띠더. 병원에서예."

"……."

"아부지!"

"와?"

"이래 가지고 우째 살까 싶습니더."

"우째 살긴 뭘 우째 살아. 목숨만 붙어 있으면 다 사능 기다. 그런 소리 하지 마라."

"……."

"나 봐라, 팔뚝이 하나 없어도 잘만 안 사나. 남 봄에 좀 덜 좋아서 그렇지, 살기사 왜 못 살아."

"차라리 아부지같이 팔이 하나 없는 편이 낫겠어예. 다리가 없어 노니, 첫째 걸어 댕기기에 불편해서 똑 죽겠심더."

"야야, 안 그렇다. 걸어 댕기기만 하면 뭐 하노. 손을 지대로 놀려야 일이 뜻대로 되지."

"그럴까예?"

"그렇다니. 그러니까 집에 앉아서 할 일은 니가 하고, 나댕기메 할 일은 내가 하고, 그라면 안 대겠나, 그제?"

"예."

진수는 가벼운 한숨을 내쉬며 아버지를 돌아보았다. 만도는 돌아보는 아들의 얼굴을 향해 지그시 웃어 주었다. 술을 마시고 나면 이내 오줌이 마려워진다. 만도는 길가에 아무렇게나 쭈그리고 앉아서 고기 묶음을 입에 물려고 한다. 그것을 본 진수는

"아부지, 그 고등어 이리 주이소."

한다. 팔이 하나밖에 없는 몸으로 물건을 손에 든 채 소변을 볼 수는 없는 것이다. 아버지가 볼일을 마칠 때까지, 진수는 저만큼 떨어져 서서 지팡이를 한쪽 손에 모아 쥐고, 다른 손으로 고등어를 들고 있었다. 볼일을 다 본 만도는 얼른 가서 아들의 손에서 고등어를 다시 받아 든다.

개천 둑에 이르렀다. 외나무다리가 놓여 있는 그 시냇물이다. 진수는 슬그머니 걱정이 되었다. 물은 그렇게 깊은 것 같지 않지만, 밑바닥이 모래흙이어서 지팡이를 짚고 건너가기가 만만할 것 같지 않기 때문이다. 외나무다리 위로는 도저히 건너갈 재주가 없고……. 진수는 하는 수 없이 둑에 퍼지고 앉아서 바짓가랑이를 걷

어 올리기 시작했다. 만도는 잠시 멀뚱히 서서 아들의 하는 양을 내려다보고 있다가

"진수야, 그만두고 자아 업자."

하는 것이었다.

"업고 건느면 일이 다 되는 거 아니가. 자아 이거 받아라."

고등어 묶음을 진수 앞으로 민다.

"……."

진수는 퍽 난처해 하면서 못 이기는 듯이 그것을 받아 들었다. 만도는 등어리를 아들 앞에 갖다 대고 하나밖에 없는 팔을 뒤로 버쩍 내밀며

"자아 어서!"

진수는 지팡이와 고등어를 각각 한 손에 쥐고, 아버지의 등어리로 가서 슬그머니 업혔다. 만도는 팔뚝을 뒤로 돌려서 아들의 하나뿐인 다리를 꼭 안았다. 그리고

"팔로 내 목을 감아야 될 끼다."

했다. 진수는 무척 황송한 듯 한쪽 눈을 찍 감으면서 고등어와 지팡이를 든 두 팔로 아버지의 굵은 목줄기를 부둥켜안았다. 만도는 아랫배에 힘을 주며 끙! 하고 일어났다. 아랫도리가 약간 후들거렸으나 걸어갈 만은 했다. 외나무다리 위로 조심조심 발을 내디디며 만도는 속으로,

'이제 새파랗게 젊은 놈이 벌써 이게 무슨 꼴이고. 세상을 잘못 타고나서 진수 니 신세도 참 똥이다, 등.'

이런 소리를 주워섬겼고, 아버지의 등에 업힌 진수는 곧장 미안

스러운 얼굴을 하며,

'나꺼정 이렇게 되다니 아부지도 참 복도 더럽게 없지. 차라리 내가 죽어 버렸더라면 나았을 낀데…….'

하고 중얼거렸다.

만도는 아직 술기가 약간 있었으나, 용케 몸을 가누며 아들을 업고 외나무다리를 조심조심 건너가는 것이었다. 눈앞에 우뚝 솟은 용머리재가 이 광경을 가만히 내려다보고 있었다.

하근찬 (1931 ~ 2007)

하근찬 작가는 경상북도 영천에서 태어났습니다. 1957년 『한국일보』 신춘문예에 「수난이대」가 당선되어 작품 활동을 시작했습니다. 농촌을 배경으로 농민들이 겪는 민족적 수난을 사실적으로 묘사하며, 역사적 현실 속에 드러난 사회의 모순을 고발하는 작품을 주로 썼습니다. 주요 작품에는 「나룻배 이야기」, 「흰 종이수염」, 「왕릉과 주둔군」, 「붉은 언덕」 등이 있습니다.

활동하기

1 사건의 흐름 이해하기

공간의 이동에 따라 소설의 내용을 정리해 봅시다.

공간	내용
고갯길	만도는 아들 진수가 (①)에서 돌아온다는 소식을 듣고 용머리재를 넘어 진수를 마중하러 감.
장거리	진수를 위해 (②)을/를 사면서 진수와 만날 순간을 기대함.
기차역	· 만도는 정거장 대합실에 앉아 진수를 기다리며 (③)에 끌려가서 한쪽 (④)을/를 잃은 일을 떠올림. · 진수가 전쟁터에서 한쪽 (⑤)을/를 잃고 돌아옴.
주막집	만도는 주막에 들러 진수에게 (⑥)을/를 사 주고, 주막집을 나서 논두렁길을 걸으며 앞날을 걱정하는 진수를 위로함.
개천 둑	개천에서 (⑦)을/를 만난 만도와 진수는 서로에게 의지하여 다리를 건넘.

2 소재의 의미와 기능 이해하기

작품 속 소재와 그 의미를 바르게 연결해 봅시다.

소재			의미
❶ 고등어	•	•	㉠ 만도와 진수를 지켜보는 존재로 앞으로의 고난 극복 가능성을 의미함.
❷ 외나무다리	•	•	㉡ 아들에 대한 아버지의 사랑을 의미함.
❸ 용머리재	•	•	㉢ 두 주인공 앞에 닥친 고난을 상징하며 동시에 서로 협력해 갈등을 극복하게 만드는 계기가 됨.

3 작품 속 사회·문화적 상황 파악하기

이 작품에 반영된 사회·문화적 상황을 파악해 봅시다.

	아버지 세대: 만도	아들 세대: 진수
작품 속 장면	· 섬에서 그들을 기다리고 있는 것은 숨 막히는 더위와 강제 노동과 그리고 잠자리만씩이나 한 모기떼……. 그런 것뿐이었다. / 섬에다가 비행장을 닦는 것이었다. · 앵앵앵 하고 공습경보가 나면 일을 하던 손을 놓고 모두가 굴 바닥에 납작납작 엎드려 있어야 했다. · 만도가 한쪽 팔뚝을 잃어버린 것도 바로 그런 때의 일이었다.	· 진수가 살아서 돌아온다. 아무개는 전사했다는 통지가 왔고, 아무개는 죽었는지 살았는지 통 소식이 없는데, 우리 진수는 살아서 오늘 돌아오는 것이다. · "니 우짜다가 그래 됐노?" "전쟁하다가 이래 안 댔심니꾜, 수류탄 쪼가리에 맞았심더."
사회·문화적 상황	①	②

서로 다른 시대의 전쟁과 고통 속에서 신체적·정신적 상처를 입은 '두 세대의 수난'

4 작품의 창작 의도 짐작하기

작품 속 대화를 참고하여 이 작품의 창작 의도를 짐작해 봅시다.

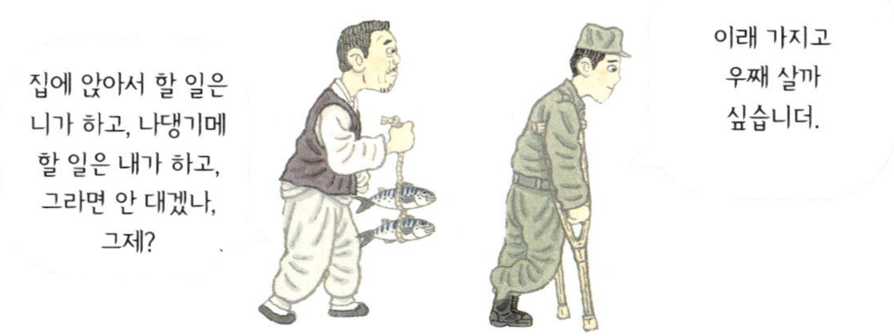

작품 해설

평범한 민중이 겪은 아픈 역사와 그 속의 삶의 연대

전쟁은 개인의 삶에 깊은 상처를 남깁니다. 소설 「수난이대」는 바로 그런 상처를 겪고도 묵묵히 삶을 이어 가는 평범한 민중의 이야기를 담고 있습니다. 작가는 일제 강점기와 한국 전쟁이라는 두 시대의 역사적 수난을 배경으로, 각기 다른 이유로 신체의 일부를 잃은 부자(父子)를 중심으로 이야기를 전개합니다.

아버지 만도는 태평양 전쟁 시기 강제 징용되어 낯선 섬에서 비행장을 닦는 고된 노동에 시달립니다. 공습경보가 수시로 울리는 열악한 환경 속에서 결국 한쪽 팔을 잃게 되지요.

아들 진수는 한국 전쟁에 군인으로 참전했다가 전투 중 부상을 입고 한쪽 다리를 잃은 채 고향으로 돌아옵니다. 두 사람 모두 자신이 원하지 않았던 전쟁 속에서 삶의 일부를 빼앗긴 피해자였지만, 누구를 원망하기보다는 삶을 감당하고자 묵묵히 나아가는 태도를 보입니다.

이야기는 진수가 제대하여 집으로 돌아오는 날을 중심으로 전개됩니다. 오랜만에 재회한 부자는 겉으로는 말수가 적고 무뚝뚝하지만, 그 속에는 서로를 향한 깊은 정과 연대감이 담겨 있습니다. 특히 몸이 불편한 아들을 업고 외나무다리를 건너는 아버지의 모습은 부자간의 신뢰와 사랑을 강하게 느끼게 합니다.

이 소설은 두 세대가 겪은 역사적 수난의 상처를 사실적으로 그려 내면서, 동시에 그 속에서도 삶을 포기하지 않는 민중의 강인함, 세대 간의 연대, 그리고 인간적인 따뜻함을 담아냅니다. 단순히 전쟁의 참혹함을 고발하는 데 그치지 않고, 그 속에서도 꿋꿋이 살아가려는 인간의 존엄과 희망을 이야기합니다.

「수난이대」는 전쟁과 역사의 고통을 견디며 살아가는 이 땅의 평범한 사람들을 위한 찬사이자, 오늘을 살아가는 우리에게도 깊은 울림을 주는 작품입니다. 여러분이 만약 이 부자처럼 상처를 품은 채 삶을 계속 이어 나가려 한다면 어떤 마음이 들 것 같나요?

+ 감상 더하기

• 작품 속 시대상

「수난이대」는 일제 강점기와 한국 전쟁이라는 비극적 역사를 배경으로, 개인이 아닌 민중 전체가 겪은 시대적 수난의 현실을 보여 줍니다. 아버지 만도는 일제 강점기 말 태평양 전쟁 시기 일본에 의해 강제 징용되어 타지에서 비행장 공사를 하며 고된 노동에 시달립니다. 그 과정에서 한쪽 팔을 잃게 되지요. 이어서 아들 진수는 해방 후 한국 전쟁에 군인으로 징집되어, 민족이 서로를 겨누는 비극 속에서 부상을 입습니다. 이처럼 두 세대에 걸쳐 이어진 수난은 특정 개인의 불행이 아니라, 역사 속에서 평범한 민중이 떠안아야 했던 고통의 반복을 상징합니다. 작품은 이러한 시대적 배경 속에서, 전쟁이 개인의 몸과 마음, 그리고 가족의 삶까지 어떻게 파괴하는지를 사실적으로 보여 줍니다.

• 인물의 세대 상징성

이 작품의 인물들은 거창하거나 영웅적인 존재가 아닙니다. 그들은 단지 시대의 소용돌이 속에서 살아남기 위해 애쓴 평범한 아버지와 아들입니다. 아버지 만도는 가난한 농민 출신으로, 힘겨운 징용 생활 속에서도 끝내 굴하지 않는 근면함과 인내의 상징입니다. 아들 진수는 전쟁으로 다리를 잃고 돌아오지만, 아버지의 삶을 이해하며 묵묵히 자신의 상처를 받아들이는 세대로 그려집니다. 특히 외나무다리를 건너는 장면은, 서로의 부족한 몸을 보완하며 함께 살아가는 부자의 모습을 통해 세대 간 연대와 인간의 존엄성을 상징적으로 보여 줍니다. 작가는 이 두 인물을 통해 '상처 속에서도 서로 의지하며 살아가는 것이 인간의 본모습임'을 말하고 있습니다.

• 민족적 비극과 극복 의지

「수난이대」는 한국 근현대사의 비극적 단면을 사실적으로 담아낸 리얼리즘 소설로 평가받습니다. 이 작품은 전쟁과 식민의 시대를 살아 낸 민중이 단순한 피해자가 아니라, 끝까지 삶을 이어 가는 주체임을 보여 줍니다. 아버지와 아들의 대화를 통해, 작가는 절망적인 현실 속에서도 희망을 놓지 않고 서로에게 의지하는 인간의 끈질긴 생명력을 그립니다. 또한 만도와 진수의 모습은 단지 한 가족의 이야기가 아니라, 수많은 한국인들이 겪었던 역사적 상처와 회복의 과정을 상징합니다. 「수난이대」는 민족적 비극을 개인의 이야기로 담담하게 풀어내면서, 전쟁의 참혹함을 넘어 인간의 존엄과 연대, 그리고 삶의 의지를 되새기게 하는 작품입니다.

엮어 읽기

『에네껜 아이들』 • 문영숙

일본에 의해 멕시코로 팔려 간 조선인들의 이야기를 그린 청소년 소설입니다. 나라를 잃은 죄로 조국을 떠나 타향에서 처참한 생활을 해야 했던 일제 강점기 우리 민족의 현실을 잘 보여 주고 있습니다. 이 소설을 통해 「수난이대」에 그려진 우리 민족의 시련을 좀 더 자세히 살펴볼 수 있습니다.

국어 교과서가 선택한 소설 읽기

원미동 사람들
- 일용할 양식

02

혹시 여러분이 사는 동네에도 마트나 슈퍼마켓이 여러 개 있나요? 이 작품은 1980년대, 도시 외곽에 있는 원미동이라는 동네를 배경으로 하고 있어요. 평범하고 조용해 보이는 이 동네에서, 기존에 장사를 해 오던 가게들 중 한 가게가 상호를 바꾸어 장사를 시작하면서 이야기가 시작돼요.

동네 사람들이 자신들의 삶터를 지키기 위해 어떤 선택을 하고, 서로 어떤 관계를 맺어 갈까요? 우리 주변에서 흔히 볼 수 있는 이웃들의 이야기를 따뜻한 시선으로 따라가 보세요!

양귀자

원미동 사람들
-일용할 양식

원미동에 사는 사람들은, 아니 더 정확히 말하여 원미동 23통 5반 사람들은 이 겨울 들어 아주 난처한 일이 하나 생겼다. 생각하기에 따라서는 무에 그리 대단한 일이겠느냐고, 제법 요령 있게 넘어갈 수 있는 방법이 있지 않겠느냐고 하겠지만 어쨌든 딱한 일임에는 분명하였다.

일의 시작은 지난 연말부터였다. 여름의 원미동 거리는 가게에 딸린 단칸방의 무더위를 피하기 위한 동네 사람들로 자정 무렵까지 북적이게 마련이었으나 추위가 닥치면 그렇지가 않았다. 너 나 할 것 없이 아랫목으로 파고들어서 텔레비전이나 쳐다보는 것으로 족하게 여기고 찬 바람이 씽씽 몰아치고 있을 밤거리야 상관할 바가 아니었다. 낮 동안 햇살이 발갛게 비치어 기온이 다소 올라가도 사정은 크게 달라지지 않았다. 요즘 집집마다 유행처럼 번지기 시작한 유선 방송•이라는 게 시도 때도 없이 영화를 보내 주고 있기 때문에 사람들은 변소 갈 시간도 아끼면서, 법석을 떨어 대는 아이

• **유선 방송** 일정한 지역의 주민을 대상으로 케이블 같은 유선망을 통해 복수의 채널로 제공하는 텔레비전 방송.

들이나 바깥으로 내몰아 놓고서 이내 텔레비전 앞에 붙어 앉는 것이다. 옥상마다 다닥다닥 붙어 있는 안테나• 사정 탓인지 따로이 선을 잇지 않아도 유선 방송이 잘 잡히더라는 집도 더러 있었다. 날씨는 춥고, 아랫목은 따뜻하고, 눈요기할 만한 필름은 텔레비전이 담당하였다. 그러저러 겨울이 깊어 가던 연말에 동네 사람들은 행복사진관 엄 씨가 일으킨 연애 사건으로 한동안 모이기만 하면 쑤군쑤군 입을 맞추었으나 인삼 찻집이 문을 닫아 버리고 나서는 찻집 여자와 엄 씨의 관계에 초점을 모으던 화제도 시들해져 있었다.

그때를 맞추기나 한 듯이 일이 시작된 것이다. 처음에는 어떤 일이나 그렇듯 대수롭지 않았다. '김포 쌀 상회'의 상호가 '김포 슈퍼'로 바뀌었을 뿐인 것이다. 원래는 쌀과 연탄만을 취급하면서 23통 일대의 쌀과 연탄을 도맡아 배달해 주던 김포 쌀 상회의 경호 아버지가 어지간히 돈을 모은 모양이었다. 비어 있는 옆칸을 헐어 가게를 확장한 것이다. 김포 쌀 상회가 김포 슈퍼로 도약하였을 때는 응당 상호에 걸맞게시리 온갖 생활필수품들이 진열대를 메우는 것은 당연한 노릇이었다. 한쪽에는 싸전•을, 또 한쪽에다는 미니 슈퍼를, 그리고 가게 앞 공터에다는 연탄을 쟁여 놓고 있는 품이 제법 거창하기까지 해서 김포 쌀 상회의 눈에 뜨이는 성공은 동네 사람들을 놀라게 하였다. 충청도 산골 마을에서 야망을 품고 상경한 이들 내외는 품팔이•로 번 돈을 모아 사 년 전, 원미동에 어엿하게 김포 쌀 상회를 내었다. 처음엔 고향 동네의 쌀을 받아다 파는 정도에 불과

• **안테나** 공중에 세워서 다른 곳에 전파를 내보내거나 다른 곳의 전파를 받아들이는, 도선(導線)으로 된 장치.
• **싸전** 쌀과 그 밖의 곡식을 파는 가게.
• **품팔이** 품삯을 받고 남의 일을 해 주는 일.

했지만 다음 해에는 연탄 배달까지 일을 벌일 만큼 내외간•이 모두 억척스럽고 성실한 일꾼이었다. 성품 또한 모난 데 없이 두루뭉술하여 어른 알아볼 줄 알고 노상• 웃는 얼굴이어서 원미동 사람들에게 고루 인정을 받고 있었다. 그래서 김포 슈퍼의 개업일에는 많은 사람들이 부러 찾아가서 과자 한 봉지, 두부 한 모라도 사 주면서 부지런한 내외의 앞날을 격려해 주었다. 김포 슈퍼가 개업 기념으로 돌린 수수팥떡이 두 시루도 넘었다는 말을 입증하기나 하려는 듯 그날은 아이들마다 모두 입가에 팥고물을 묻혀 놓고 있었다. 큰길가의 번듯한 슈퍼마켓은 아니지만 그래도 옹색한• 꼴은 면한 가게를 꾸며 놓고서 내외간이 어찌나 벙싯벙싯 웃어대는지 보기만 해도 배가 부르더라고, 이웃의 세탁소 여자가 사람들마다에 귀띔을 해 주기도 하였다.

이제 그들은 그 큰 가게를 꾸려 나가면서 더욱 착실히 돈을 모을 것이라고 강남 부동산의 고흥댁 같은 이는 경호네의 성공을 여간 부러워하지 않았다. 원미동 거리에서는 하기야 모처럼 보게 되는 사업 확장인 셈이었다. 겨울철 추운 날씨가 제아무리 기승을 떤다 해도 손님만 북적거리면 누군들 유선 방송의 흘러간 중국 영화에나 매달려 있을까. 봄가을 잠시 반짝 일손을 재촉하고 나면 그뿐인 원미 지물포나, 필름 현상이 고작인 행복 사진관이나, 건전지나 형광등 몇 개 파는 정도인 써니 전자 주인들이 썰렁한 가게를 놓아두고 방구석에만 처박혀 있는 것도 다 까닭이 있어서였다. 우리 정육

• **내외간** 남편과 아내 사이. 또는 그런 관계.
• **노상** 언제나 변함없이 한 모양으로 줄곧.
• **옹색하다** 형편이 넉넉하지 못하여 생활에 필요한 것이 없거나 부족하다.

점이야 어쩌고저쩌고해도 돼지고기 반 근짜리 손님이나마 해거름• 에는 심심찮게 모여드니 돈이 아쉽지는 않겠지만 겨울엔 파마 머리가 잘 안 나온다고 서울 미용실마저 드라이 손님 몇에 매달려 난로의 연탄만 축내고 있는 형편이었다. 요새야 원미동 거리 어느 가게나 다 그렇지만 특히 강남 부동산은 아주 죽을 지경이었다. 벌써 몇 년째, 그 좋던 벌이는 다 옛말이고 말 그대로 파리만 날리고 있는 형편이 언제 나아질지 그것조차 까마득했다.

"복덕방 벌이가 시방처럼 가겟세도 못 당헐 것 겉으면 누구라고 문 열어 놓을랍디여. 인자부터 애들도 여의고• 돈 쓸 일이 널린 판인디 돈줄이 이러코롬 꽉 막혀 부렀으니 사람 환장하제이. 이런 판에 경호네 집은 참말 어쩐 일인가 몰라. 인자 막 돈줄이 붙는 갑소. 운이 닿으니 저렇제. 안 그려 봐, 암만 머리 싸매고 덤벼도 어림없지."

고흥댁 말대로 김포 슈퍼의 경호네 앞날은 가히 풍년의 조짐이 보이기도 하였다. 싹싹한 경호 엄마는 백 원짜리 꼬마 손님한테도 일일이 뻥튀기 한 장씩을 선물로 주었다. 입에다가는 언제나 어서 오세요, 안녕히 가세요, 감사합니다를 매달아 놓았고 까다로운 사람이 와도 활짝 웃는 낯에 고분고분 응대하여 곧잘 비위를 맞추었다. 경호 아버지는 겨울철이라 밀려드는 연탄 주문으로 신새벽부터 해거름까지 눈코 뜰 사이 없었다. 연탄 배달 틈틈이 쌀 배달도 지체 없이 해치우고 야채를 받아 오기 위해 신나게 자전거 페달을 밟고 큰 시장으로 내달리는 모습은 일견 대견하게까지 보였다. 생필

• **해거름** 해가 서쪽으로 넘어 가는 일. 또는 그런 때.
• **여의다** 딸을 시집보내다.

품 외에도 채소며 과일을 종류대로 팔고 있는 터라 가게는 그럭저럭 매상이 오르는 눈치였다. 시장이 먼 탓에 어지간한 찬거리는 가게에서 구입하는 원미동 여자들 사이에 김포 슈퍼 부식값•이 시장 상인들보다 오히려 싼 편이며 채소나 과일들도 모두 싱싱하고 질이 좋더라는 소문이 핑 돌기 시작한 것은 개업 후의 며칠 만의 일이었다.

바로 그 무렵, 원미동 여자들은 형제 슈퍼의 김 반장이 가게 앞 공터에 수백 장씩 연탄을 부리는 현장을 목격하였다. 또, 형제 슈퍼의 간이 창고 구실을 하던 입구의 천막 속엔 쌀과 잡곡들이 제각기 망태기•에 담겨져 있고 그 옆에 돌 고르는 석발기•까지 덜덜거리며 돌아가는 모습도 목격하였다. 물론 형제 슈퍼는 쌀과 연탄을 취급하던 가게가 아니었다. 과일이나 야채 생선을 비롯하여 생활필수품들을 파는 구멍가게에 불과한 규모이긴 해도 이름만은 곧잘 '슈퍼'로 불리던 그런 가게였었다. 형제 슈퍼가 느닷없이 쌀과 연탄을 벌여 놓고 빨간 페인트로 '쌀·연탄'이라고 쓴 어엿한 입간판까지 내다 놓은 것은 누가 뭐래도 김포 슈퍼의 개업과 발을 맞춘 것임이 분명하였다.

"우리도 연탄 배달합니다. 거기다 또 대리점 대우라서 한 장에 이 원씩 싸게 드립니다요. 쌀이라면 우리 고향 쌀, 아시지라우? 계화미, 호남평야의 일등품만 취급하니까 한번 잡숴만 보세요. 틀림없다구요."

• **부식값** 주식에 곁들여 먹는 음식의 가격.
• **망태기** 물건을 담아 들거나 어깨에 메고 다닐 수 있도록 만든 그릇.
• **석발기** 정미한 쌀에 섞인 돌을 골라내는 기계.

김 반장이 만나는 동네 사람들마다에게 쏟아 놓는 대사였다. 아니, 부러 가게 앞에 나와 서서 짐짓 쾌활한 얼굴과 목소리로 자신만만하게 단골들을 설득하였는데, 사람들은 그제서야 형제 슈퍼와 김포 슈퍼의 간격이 일백 미터도 채 못 된 다는 사실을 깨달았다. 그리고 김포에서 쌀과 연탄만을 취급했을 때는 모두 김 반장의 형제 슈퍼에서 물건을 샀다는 사실도 깨달았다. 모두들 경호네의 눈부신 발전에만 정신이 팔려서 깜박 김 반장을 잊고 있었던 것이다.

김 반장은 이제 스물여덟의, 역시 싹싹한 총각이었으며 23통 5반을 손바닥 안에 꿰뚫고 있는 반장 직책을 가지고 있었다. 때문에 동네의 잡다한 사건에 그가 끼이지 않는 법이 없었고 원미동 거리에서 가장 자주 듣게 되는 높다란 전라도 사투리도 틀림없이 그의 음성일 게 확실한, 이 동네의 대변자이기도 하였다. 그의 형제 슈퍼에는 네 명의 어린 동생과 다리 골절로 직장을 잃은 아버지와 잔소리가 많은 어머니, 또한 팔순의 할머니가 매달려 있었다. 식구가 복잡한 만큼 가게도 복잡하여 누구 말대로 없는 것 빼고는 다 있는 만물상임은 틀림없지만 기득권을 가진 가게답게 적잖이 무질서하고 부식의 신선미도 떨어지는 편이어서 사람들은 알게 모르게 깔끔하고 정돈되어 있는 김포 슈퍼 쪽으로 발길을 돌렸던 것이다. 뭐든 새것이 역시 새 맛으로 좋은 법이었다. 그렇다고는 해도 김 반장이 그처럼 재빠르게 쌀과 연탄을 팔겠다고 나설 줄은 몰랐었다. 아는 사람은 다 아는 일이지만 지난가을 김 반장은 작은 짐차를 하나 샀다가 한 달도 못 되어 사고를 저질러 그 뒷수습에 바짝 쪼들리고 있는 중이었다. 물건도 실어 나르고 채소나 과일은 산지에서 밭떼기•를 해

볼 작정으로 모아 놓은 장가 밑천을 다 털어서 차를 샀던 것인데 그만 사람을 다치게 한 것이었다. 합의를 보고, 피해자 보상해 주고, 이것저것 뒷갈망•을 하는 데 차는 물론이요 빚도 수월찮게 얻었다는 내막을 동네 사람들은 알고 있었다. 그런 처지에 빚돈을 얻어 싸전을 벌이고 연탄까지 팔겠다고 나서다니, 지물포 주 씨 말대로 제 죽을 구멍 파는 미련한 짓이라고 욕을 먹을 만도 하였다. 경호 아버지가 쌀과 연탄을 도맡아 대고 있는 줄 뻔연히 알면서 말이다.

"김포 슈퍼요? 아, 난 상관없어요. 우리도 연탄 배달 쌀 배달 다 하는데요. 무작정이 아니라구요. 관에다 허가 받고 시작한 장사인데 나라고 왜 못 해요?"

말은 요만큼 하여도 그동안 김 반장이 얼마나 끙끙 앓았는지 짐작할 만하였다. 비어 있는 점포에 구멍가게가 들어설까 봐 가게 계약 건수만 있으면 강남 부동산을 번질나게• 드나들곤 하던 김 반장이었다. 김포 쌀 상회가 김포 슈퍼로 도약하여• 자신의 목을 조를 줄은 생각도 못했을 것이다. 어디거나 동네의 조그마한 구멍가게가 대상으로 하는 지역은 암암리•에 지정되어 있는 터, 같은 업종의 가게가 새로 문을 열 때는 일정 거리 이상을 유지하는 게 상호 간의 예의라는 형제 슈퍼의 김 반장 이론은 분명히 옳았다. 우리 가게 하나도 제대로 소화시키지 못하는 조그마한 구역에 똑같은 구멍가게가 마주 보고 앉아서 어쩌자는 것이냐고, 다같이 죽자는 모양인데

• **밭떼기** 밭에서 나는 작물을 밭에 나 있는 채로 몽땅 사는 일
• **뒷갈망** 일의 뒤끝을 맡아서 처리함.
• **번질나다** 잇따라 드나드는 것이 잦다.
• **도약하다** 더 높은 단계로 발전하다.
• **암암리** 남이 모르는 사이.

나는 못 죽어 주겠다, 옛정을 봐서 우리 연탄이나 쌀도 팔아 줘야 할 게 아니냐, 가격도 싸고 품질도 월등 좋은데…….

김 반장은 원미동 거리에 서서 입이 닳도록 외웠다. 김 반장의 어머니도, 김 반장의 허리 꼬부라진 할머니도 동네 여자들을 향해 "우리 연탄도 좀 때요. 이번 참엔 우리 것 좀 들여놓아, 꼭!" 하며 우겨 대었다.

팔순을 넘긴 김 반장 할머니는 꼬부라진 허리를 아랑곳 않고 추위를 피해 종종걸음 치는 아낙네들 뒤를 따라가면서까지 외워 댔다.

"우리 것도 팔아 주랑게……."

참말로 딱하게 된 것은 원미동 여자들이었다. 이제까지 대놓고 쓰던 경호네를 나 몰라라 하고 김 반장한테 돌아설 수가 없는 것이, 김포 슈퍼 개업일 때 무심코 던진 말들을 기억하고 있는 탓이었다.

"모쪼록 잊지 말고 들러 주십시오. 성의껏 모시겠습니다."

허리 굽혀 인사하면서 은박지 쟁반에 담긴 팥떡을 나누어 주던 경호네한테 누구라 할 것 없이 덕담처럼 던진 말이 있었다.

"다른 건 몰라도 쌀 안 먹고 연탄 안 때고 살 수는 없으니까 경호네를 잊고 살 수는 없지."

딱히 그것뿐이라면 또 모른다. 듣기 좋은 말만 뜯어먹고 살 수 있는 세상은 아니므로 그깟 덕담쯤이야 인사치레로 돌릴 수도 있었다. 하지만 김포 슈퍼에 들를 때마다 은근히 얹어 주던 덤이며, 찾아줘서 고맙다고 손에 쥐여 주던 빨랫비누 한 장씩을 누구라도 한 번씩은 받게 마련이었으므로 입 싹 씻고 돌아서기가 여간 난처한 게 아니었다.

일이 이쯤에 이르자 김 반장이 쌀과 연탄을 벌인 게 잘못이라는 사람들도 있고 애초에 김포 슈퍼로 가게를 확장한 경호네가 잘못이라는 사람들도 생겨났다. 그렇지만 어느 쪽도 딱 부러지게 죽을 죄를 진 것은 아니었다. 모두 다 살기 위하여, 어쨌거나 한번 살아 보기 위하여 저러는 것이었으므로 애꿎은 동네 사람들만 가게 가기가 심란스러워진 셈이었다.

"김 반장 말도 맞아. 어쩔까. 이번에는 형제 슈퍼에서 연탄 백 장 들여놓아야 할까 봐."

우리 정육점 안주인이 처음으로 김 반장에게서 연탄을 샀다. 형제 슈퍼 코앞에 우리 정육점이 있었다. 서로서로 가게를 열고 있는 처지라서 딱해 죽겠다던 이였다.

"할 수 없잖아. 김포 몰래 우리도 이십 킬로그램짜리 쌀 팔았어. 괜히 경호 아버지 눈치가 보이고, 참말 내 돈 내고 쌀 팔면서 무슨 죄를 짓는 것처럼 이게 뭐야."

써니 전자의 시내 엄마도 이마를 찌푸렸다.

"이번에는 김포, 다음에는 형제, 그렇게 하면 되잖아요."

64번지 새댁이 공평한 결론을 내리는가 했더니 고흥댁이 "그럼 계란이니 두부니 라면도 일일이 나눠 갖고 사러 다닐 꺼여? 아이구, 난 이젠 늙어서 기억력도 모자라는디 헷갈려서 그 짓 못 혀." 하며 고개를 설레설레 흔들었다. 딴은 그러했다. 김포에서 대어 먹던 쌀이나 연탄을 가끔씩이나마 김 반장에게로 거래를 옮긴다면 형제 슈퍼에서 사 오던 부식이나 잡다한 일용품들도 이쪽저쪽 공평하게 사러 다녀야 할 판이었다. 어느 쪽으로 가나 한쪽의 눈총이 뒤통수에 달라붙어 있기는 마찬가지겠지만 선불리 굴었다간 괜히 이웃 간에 정만 날 것이고 하여간 난처한 일이었다.

일은 그게 다가 아니었다. 김포 슈퍼에서는 또 가만 앉아 당할 수가 없으니 그들 내외는 머리를 짜내어 모든 물건의 가격을 일이십 원꼴로 낮추어 팔기 시작하였다. 형제 슈퍼에서 180원 하는 과자는 170원으로, 300원짜리는 280원으로 내려 받으면서 저울 눈금으로 파는 채소까지 후하게 달아 주었다. 뿐이랴. 계란 두 줄을 사면 하나를 덤으로 주고 형제에서 천 원에 스무 개씩 귤을 팔면 김포는 스물 세 개를 담아 주었다. 500원에 세 개들이 비누를 형제 슈퍼에서 산 누구는 김포에서 450원에 판다는 귓속말을 듣자마자 가서 비누를 물리기도• 하였다. 뒤통수에 달라붙은 눈총이야 모른 척하면 그만이지만 당장 잔돈푼이 지갑 속으로 떨어져 들어오는 데야 김포 슈퍼로 치달리는• 걸음에 의혹이 있을 수가 없었다.

김 반장은 그럼 두 손을 늘어뜨리고 구경만 할 것인가. 제까닥 김포 슈퍼보다 십 원씩 더 가격을 내리고 저울 눈금도 마냥 후하게 달았다. 스무 개짜리 귤은 아예 스물 다섯 개씩 팔아넘기니 한 박스 팔아도 본전 건지면 천만다행인 장사가 시작된 셈이었다. 새해 들면서 김포와 형제의 공방전이 여기에 이르자 오히려 살판난 것은 동네 여자들이었다. 구입할 게 많다 싶으면 세 정거장쯤 떨어져 있는 시장으로 가던 여자들이 시장 발걸음을 끊은 것도 새해 들어서의 버릇이었다. 굳이 시장에 갈 일이 없었다. 어지간한 것은 모두

• **물리다** 사거나 바꾼 물건을 원래 임자에게 도로 주고 돈이나 물건을 되찾게 하다.
• **치달리다** 아래에서 위로 향하여 달리다.

형제나 김포에 있었고 바겐세일•이라도 이만저만 파격 세일이 아닌 까닭이었다.

"워메, 그게 콩나물 이백 원어치여? 시상에 난 김포가 더 싼 줄 알았더니 김 반장네가 훨씬 많구만그려."

어느 날 고흥댁이 소라 엄마의 손에 들린 콩나물의 부피에 입을 쩍 벌린 것도 무리는 아니었다. 시장에 가더라도 오백 원어치꼴은 실히 될 만한 양이었기 때문이었다.

"아녜요. 연탄은 김포가 더 싸요. 난 어제 백 장 들였는데 오백 원이나 깎아 주고 플라스틱 바구니까지 얹어 주던걸요."

소라 엄마가 소곤소곤 정보를 일러 주고 가자 이번에는 원미 지물포 안주인이 아이들에게 초콜릿을 돌리고 오면서 또 소곤거린다.

"어쩌려고 저러는지. 이백 원짜리 초콜릿을 김 반장은 백오십 원에 팔드라니깐요. 떼• 온 값도 안 되게 막 팔아넘긴대요. 이판사판이래요."

그러면 고흥댁은 정말 헷갈리기 시작하는 것이다. 아까까지만 해도 김포에서 적어도 삼십 원은 싸게 샀다고 자부한 판인데 잠깐 사이에 형제에서는 오십 원이나 싸게 팔고 있다니 어느 쪽으로 가야 이익일는지 계산하기가 썩 어렵잖은가 말이다. 그러잖아도 지난번에 형제 슈퍼에서 산 비누를 물리고 그 즉시로 김포 슈퍼에서 싼값으로 비누를 샀다고 해서 동네 여자들 구설수에 올라 있는 고흥댁이었다. 한마디로 너무 노골적이라는 비난이었는데 그깟 몇십 원

• **바겐세일** 기간을 정하여 특별히 정가보다 싸게 파는 일.
• **떼다** 장사를 하려고 한꺼번에 많은 물건을 사다.

때문에 당장 산 물건을 되물리는 법이 어디 있느냐는 거였다. 이쪽 저쪽을 다니더라도 좀 눈치껏 하지 않고 너무 표 나게 굴었던 까닭이었다. 고흥댁도 말귀를 알아들었다. 싸게 주는 쪽으로 가는 것이야 말리지 않지만 요령껏, 어느 쪽이 더 싼지 눈치를 살핀 후에 행동에 옮기라는 말일 것이었다. 말귀는 알아들었다 해도 번번이 한 수 뒤처지는 것이 고흥댁은 여간 억울하지 않았다. 아까 콩나물만 해도 그랬다. 김포 콩나물이 엄청 양이 많더라고 오전에 이미 소문을 들었던 터라 경호네한테 가서 이백 원어치를 한 봉투 받아 왔었다. 역시나 흡족할 만큼 많이 뽑아 주어서 내심 기분이 좋았는데 잠시 후에 보니 소라 엄마는 김 반장네에서 훨씬 많은 콩나물 봉투를 들고 오는 게 아닌가. 그래서 괜히 자기만 손해 보았다고 지물포 여자한테 하소연을 좀 했더니 단박에 머퉁이•만 돌아오고 말았다.

"아이구 아줌마도 손해는 무슨 손해요? 김포에서 받은 것도 이백 원어치 곱절은 됐을 텐데, 안 그래요?"

말을 듣고 보니 맞는 소리였다. 눈치를 잘 보아서 김 반장한테로 갔으면 더 이익은 봤을망정 손해는 아니었으니까.

"그나저나 고래 싸움에 새우 등 터진다는 옛말은 다 틀린 말여. 고래들이 싸우는 통에 우리 같은 새우들이 먹잘 게 좀 많은가 말여."

그러나 고흥댁의 그럴싸한 옛말 풀이는 1월이 거지반• 지날 무렵부터 서서히 모양새가 바뀌어 가기 시작했다. 유난히도 날씨가 맵

• **머퉁이** '꾸지람'의 전라 방언.
• **거지반** 거의 절반 가까이.

지 않아 집집마다 김장 김치들이 부글부글 괴어오르던• 정월이었다. 서울 미용실 옆으로 비어 있는 점포가 서너 개 있었다. 원래가 이 동네는 허울 좋은 상가 주택만 즐비한 터여서 가게는 비워 놓고 방만 세 들어 있는 수도 많았다. 집을 지었다 하면 약속이나 한 듯 아래로는 가게를 두 칸 내고 이층에 살림집을 올리는 식이었다. 게다가 기왕의 주택이나 연립 주택들마저 아래층은 개조를 해서까지 점포를 만들었다. 요즘에 와서야 수요가 없는 점포는 오히려 단칸방 월세보다 시세가 없다는 사실을 깨닫긴 한 모양이었지만 어쨌든 지난 사오 년 사이의 원미동 23통 거리는 상가 주택이 대유행이었다. 시청을 끼고 있어서 몇 년 지나지 않아 한몫하려니 했던 기대는 완전 물거품이 된 셈이었다. 시청 정문 앞이라면 혹시 몰라도 이만큼 한 행보 멀어져 있고서는 어느 세월에 상가가 조성될지 아득하기만 했다.

다른 데는 어쨌거나 영세한 꼴이나마 점포들이 문을 열었어도 서울 미용실 옆의 상가 주택들이 비어 있는 까닭은 앞이나 옆이 모두 공터인 탓이었다. 소방 도로를 끼고 꺾어 돈 자리에 앉아 있는 서울 미용실까지는 그럭저럭 큰길에서 내다보이는 이점이 있지만 그다음부턴 도무지 무엇을 벌여도 밑천 잘라먹기가 예사인 점포들이었다. 그래서 이것저것 퍽도 많은 종류의 가게들이 철새 날아오듯 문을 열었다 닫았다 하였는데 그중의 한 가게에서 별안간 '싱싱 청과물•'이란 간판을 내건 것이었다.

• **괴어오르다** 술, 간장, 초 따위가 발효하여 거품이 부걱부걱 솟아오르다.
• **청과물** 신선한 과일과 채소를 통틀어 이르는 말.

새로 생긴 싱싱 청과물의 위치를 설명하자면 이렇다. 형제 슈퍼와 맞은편에 서울 미용실이 있고 소방 도로를 끼고 구부러지면서 '종합 화장품 할인 코너'란 이름의 화장품 가게가 들어 있는데 서울 미용실의 경자가 새해 벽두에 친구와 동업 형식으로 문을 열어서 동네 여자들을 상대로 화장품을 할인하여 팔고 있었다. 이 자리가 바로 인삼 찻집이 있던 그 가게였다. 행복 사진관 엄 씨와 꽤 진한 연애를 했던 탓에 어쩔 수 없이 이 동네를 떠나야 했던 찻집 여자의 뒷소식은 아무도 몰랐지만 사람들은 화장품 코너에 들어설 때마다 영락없이 사진관 엄 씨의 바람난 이야기를 입에 올리곤 하였다. 화장품 할인 코너 옆은 가게를 비워 둔 채 살림만 사는 명옥이 집이고 명옥이 집과 붙은 또 하나의 점포 역시 그간은 진만이네가 싸구려 화장지들을 도매로 떼어다 쌓아 놓는 창고 구실만 하고 있었다. 진만이 아버지는 끝내 리어카 행상이 되어 화장지를 팔러 다니더니 지난 연말에 시골로 내려가고 말았다. 진만이네가 살던 점포는 이내 가내 수공업 형태의 바지 공장이 들어섰다. 아마 집주인이 직접 일꾼 서넛 데불고 일을 하는 모양이었다. 선팅된 유리문 안으로 미싱• 돌리는 청년들의 머리통이 보이고 방에 가득 원단이 쟁여져 있는 것도 눈에 띄었다.

바지 공장 다음이 싱싱 청과물이었다. 싱싱 청과물 옆으로 다시 두 칸의 빈 점포가 있고 이어 서너 필지•의 공터와 공터 맞은편에 김포 슈퍼가 자리 잡고 있었다. 싱싱 청과물 자리 역시 원래는 살림

• **미싱** 바느질을 하는 기계. 재봉틀.
• **필지** 구획된 논이나 밭, 임야, 대지 따위를 세는 단위.

만 하던 빈 점포였는데 언제 이사를 가고 새로 들어왔는지 눈치채지 못할 만큼 갑작스런 개업이었다. 아마 강남 부동산을 거치지 않고 위쪽의 다른 복덕방이 성사시킨 물건이기가 십상이었다. 강남 부동산을 거쳤다면 김 반장이 모르고 있었을 리가 없었다.

싱싱 청과물의 주인 사내는 이제 막 이사 와서 동네 형편은 전혀 모르는 듯하였다. 무작정 과일전만 벌였으면 혹시 괜찮았을 것을 눈치도 없이 '부식 일절 가게 안에 있음'이란 종이쪼지를 붙여 놓고 파·콩나물·두부·상추·양파 따위 부식 일절•이 아닌 부식 일체•를 팔기 시작하였다. 참 답답한 노릇이었다. 김포 슈퍼와 형제 슈퍼의 딱 가운데 지점에서, 그것도 결사적인 고객 확보로 바늘 끝처럼 날카로운 두 가게 앞에 버젓이 부식 일절 운운한 쪽지를 매달아 놓았으니 무사할 리가 없었다. 김포의 경호네나 형제의 김 반장이나 밑천 잘라먹기식의 장사를 한 탓에 서로들 적잖이 지쳐 있는 때였다. 웃음 많고 상냥하던 경호 엄마의 얼굴에도 시름이 덕지덕지 끼었고 세탁소 집 여자 말을 들으면 밤중에 곧잘 부부 싸움도 벌어지고 있는 모양이었다. 김 반장은 꺼칠한 얼굴에 술만 늘어서 소주 네 홉이 하루 기본이라고 외치는 판이었다. 김 반장의 경우는 좀 지나치다 할 만큼 술주정까지 덧붙여진 탓에 동네 사람들의 이맛살을 찌푸리게 하는 수도 많았다. 한번 술에 취하면 장사고 뭐고 때려치우겠다고 날뛰지를 않나, 기분이 상한다고 턱도 없는 값에 물건을 팔아넘기질 않나, 팔리지도 않는 쌀과 연탄은 무슨 그집으로 외상을

• **일절** 아주, 전혀, 절대로의 뜻으로, 흔히 행위를 그치게 하거나 어떤 일을 하지 않을 때에 쓰는 말.
• **일체** 모든 것.

내서라도 쌓아 놓지를 않나, 참말 속이 터져 죽을 노릇이라고 김 반장의 어머니와 할머니는 매일 징징대었다. 특히 그 허리 굽은 할머니는 "이날 이때껏 장가도 못 들고 지 부모 대신 동생들 갈치느라고 마음고생만 시킨 내 큰손주 다 버리겄어."라면서 눈물까지 글썽거렸다.

"사람 폴짝 뛰다 죽겄네. 얼라! 과일만 팔아도 속이 뒤집힐 판에 부식 일절? 참 골고루들 애먹이는구먼."

김 반장의 눈빛이 곱지 못하듯 김포 슈퍼 내외간도 안색이 좋지 못하였다.

"정말 죽어라 죽어라 하네요. 김 반장 등쌀에도 피가 마르는데 인제는 싱싱 청과물까지 끼어들어 훼방을 놓으니……."

웃음 많던 경호 엄마가 한숨을 푹 쉬었다. 그런 걸 아는지 모르는지 싱싱 청과물의 유리창에는 또 하나의 쪽지가 나붙었다. '완도 김 대량 입하.'

며칠 후 경호네와 형제 슈퍼 김 반장이 휴전 협정을 맺었다는 소문이 동네 안에 좌악 퍼졌다. 아닌 게 아니라 두 집의 물건 값이 같아졌고 저울 눈금도 확실히 하고 있어서 이제는 어느 집으로 가든 같은 가격으로 물건을 살 수밖에 없었다. 말로 표현하지는 않았지만 동네 여자들은 내심 김이 빠졌다. 그래도 고흥댁은 나이가 많으니 솔직해도 흉이 되지 않는다.

"진작 이렇게 되었어야 혔지만, 그래도 어째 좀 아쉬운디……."

그러나 얼마 지나지 않아 여자들은 새로운 사실을 알게 되었다. 경호네와 김 반장이 단순한 휴전 조약만을 맺은 게 아니라 당분간 동맹 관계를 유지하기로 약조를 했다는 것이다. 물론 이 동맹자들이 쳐부숴야 할 적군은 싱싱 청과물이었다. 믿을 만한 소식통에 의하면 먼저 동맹을 제안한 쪽은 김 반장이라고 했다. 김 반장이 늦은 밤, 경호 아버지와 함께 공단 쪽 돼지갈빗집에서 술을 마시는 걸 보았다는 사람도 있었다. 제안은 김 반장이 했지만 이것저것 묘책은 경호 아버지한테서 나온 것이란 말도 있었고 서로 형님, 아우 해 가면서 신세 한탄도 할 만큼 사이가 좋아졌다는 소문도 있었다.

남은 일은 싱싱 청과물이 어떻게 당하는지 구경하는 것뿐이었다. 고흥댁 말대로 고래가 세 마리로 불어났으니 먹을 게 더 많아지리라는 기대도 조금 있었다. 아닌 게 아니라 주된 전략은 바로 가격 인하였다. 싱싱 청과물에서 취급하는 품목에 한해서만 두 가게가 모두 대폭적으로 가격을 내리기로 하였다는 것이었다. 그 외의 상품들은 동맹 이후 두 가게가 같이 정상 가격으로 환원하였다•. 완도 김을 대량 입하했던 싱싱 청과물에 맞서 김 반장은 위도 김을 들여와 집집마다 산지 가격으로 나누어 주었다. 부지런한 경호 아버지가 서울의 청과물 도매 시장에서 들여온 사과와 귤이 김 반장네 가게에도 진열되어 싼값으로 팔려 나가기 시작했다. 원미동 여자들이야 굳이 싱싱 청과물을 들러야 할 이유가 없었다. 과일이나 부식은 경호네나 김 반장 쪽이 훨씬 값이 헐했으므로, 또한 한동네 이웃으로 낯이 익은 그들의 가게에서 싱싱 청과물 쪽을 지켜보고 있을 게 뻔한데 원성을 사 가면서까지 찾아갈 까닭이 무언가.

이렇게 되자 싱싱 청과물의 주인 남자는 슬그머니 부식 일절 운

• **환원하다** 본디의 상태로 다시 돌아가다. 또는 그렇게 되게 하다.

운한 쪽지를 거두어들였다. '완도 김 대량 입하'라는 쪽지도 떼었다. 과일만 취급할 것임을 공표하기나 하는 듯 대신 '과일 도산매'란 종이쪽지가 나붙었다. 콩나물이나 파 따위 팔아 봤자 큰돈 남는 것도 아니고 그래, 너희들 소원대로 딴눈 안 팔고 과일이나 팔아 보겠다, 이러면서 땅바닥에 침을 탁 뱉는 것을 보았노라고 서울 미용실 경자가 드나드는 여자들한테 말을 전하곤 하였다. 그만큼 해 두었으니 동맹을 맺은 보람이 있은 셈이었다. 이제는 김 반장이나 경호 아버지의 동맹 관계가 지속될 이유가 없어진 게 아니냐고, 앞으로는 어떻게 일이 되어갈 것인지 동네 사람들은 성급히 앞일을 궁금해하였다. 허나 싱싱 청과물을 향한 일제 공격이 끝난 게 아닌 모양이었다. 경호 엄마 말에 의하면 그들 내외도 사실상 동맹 관계가 끝난 것으로 해석하고 있었다는 것이었다. 그런데 김 반장이 펄쩍 뛰며 야단이더라고 전했다.

"우리는 과일 안 팔아? 그놈이 문 닫는 꼴을 보기 전에는 절대로 그만두지 않을 거요."

김 반장이 기어이 싱싱 청과물 망하는 꼴을 보아야겠다고 이를 악물더라는 말을 들은 동네 여자들의 반응은 가지가지였다.

"지독하구나. 경호네는 김 반장이 그런다고 따라해? 어린 사람이 악심을 품으면 경호 아버지가 달래야 사람 도리지."

"그런 소리 말아요. 어떻게 김 반장 말을 거역해요? 동맹을 맺었을 때는 끝까지 의리를 지켜야죠."

"의리 좋아하네. 모르긴 몰라도 경호네 역시 싱싱 청과물 망하는 꼴 보려고 같이 작당했을걸."

"만약에 그렇다면 경호네가 잘못 생각한 거야. 사실로 말해서 김 반장이 진짜로 망하는 꼴 보고 싶은 마음으로 치자면야 경호네 김포 슈퍼지 어디 그깟 싱싱 청과물 가지고 성이 차겠수?"

"김 반장 그 사람, 너무 악착스러워. 젊은 사람이 어찌 그리 인정머리가 없을꼬."

"그래 말야. 지 엄마한테는 왜 그리 틀퉅거리는지, 남들한테는 곧잘 싹싹하면서 지 부모한테는 얼굴 펴는 걸 못 보겠드라구."

"그게 다 무능한 부모들이 받아야 할 대접인 게지. 우리도 이 꼴로 나가다간 자식들한테 그런 대접 받기 십상이지."

과일 도산매만 하겠다면 설마 어쩌랴 싶었던지 싱싱 청과물에서는 구정 대목•이 다가오자 울긋불긋한 꽃종이로 포장한 사과·귤·배·진영 단감·온상 딸기 들을 가게 안팎으로 가득 벌여 놓기 시작하였다. 신정 연휴가 사흘이나 된다 하여도 음력설만큼 돈이 풀리려면 어림도 없다. 우리 정육점도 연일 비린내를 풍기며 고깃근을 쟁여 놓고 대목 장사를 준비하던 무렵이었다. 김포 슈퍼와 형제 슈퍼에도 울긋불긋 과일전이 흐드러졌다•. 김 반장이 차를 빌려 서울까지 원정 나가서 도매로 들여온 물건이었다. 가격은 싱싱 청과물을 기준으로 하여 정해졌다. 싱싱 쪽에서 사과 한 상자를 만 오천 원에 판다면 그들은 만 사천 원에 금을 매겼다. 깎으려고 드는 손님들도 그냥 돌려보내지 않고 한껏 금을 내려 주었다. 구정 선물용으로 대개 상자째 팔려 나가는 때였다. 그것뿐이 아니었다. 싱싱에서

• **대목** 설이나 추석 따위의 명절을 앞두고 경기(景氣)가 가장 활발한 시기.
• **흐드러지다** 매우 탐스럽거나 한창 성하다.

물건을 흥정하는 손님이 있으면 김 반장은 어디서 구해 왔는지 삑삑거리는 핸드 마이크를 쳐들고 훼방을 놓았다.

"과일 바겐세일입니다. 조생• 귤이 있습니다. 산지에서 금방 올라온 맛 좋은 부사 사과를 파격적인 가격으로 판매합니다. 자, 과일 바겐세일!"

어떤 때는 김포 슈퍼를 선전해 주기도 하였다. "과일 세일합니다. 사과·배·귤 모두 세일합니다. 저쪽 김포 슈퍼로 가시든가 여기로 오시든가 마음대로 하세요. 몽땅 세일합니다요."

싱싱 청과물 사내가 김 반장한테 좇아간 것은 당연한 일이었다. 하지만 싸움은 초반부터 싱싱 청과물 사내가 불리한 쪽에 있었다. 생각 없이 대뜸 내뱉은 첫말이 당장 김 반장의 공격망에 걸려 버린 것이다. 나이가 어리다 하여 만만히 여기고 다짜고짜 말을 놓은 게 실수였다.

싱싱 청과물 사내가 말꼬리를 붙잡혀서 정작 장사를 훼방한 것에 대해서는 따질 기회도 얻지 못한 채 전전긍긍하고 있을 때 경호 아버지가 싸움에 끼어들었다. 이때다 싶었던지 몰리고 있던 싱싱 청과물 사내가 버럭 소리를 질렀다.

"당신들 말야. 왜 어깃장을 놓아? 가격이야 뻔한데 본전치기로 넘기면서 남의 장사 망쳐 놓는 속셈이 대관절 무엇이야? 엉! 왜 못살게들 굴어?"

경호 아버지도 어름하게• 물러서지는 않았다.

• **조생** 농작물이나 과일 따위가 일찍 꽃을 피우고 열매를 맺으며 성숙함.
• **어름하다** '어름어름하다'의 경남 방언. 말이나 행동을 똑똑하게 분명히 하지 못하고 자꾸 우물쭈물하다.

"싸게 사서 싸게 파는 것도 죄요? 원 별소릴 다 듣겠네."

얼굴이 벌개진 싱싱 사내는 공연스레 목청만 돋운다.

"이 사람들, 이제 보니 심보가 새까맣군, 그래. 싸게 사서 싸게 파는 것도 죄냐구? 말해! 나하고 무슨 원수가 졌냐? 날 죽여 보겠다는 심보는 대체 뭐야!"

그러면 김 반장이 또 씩씩거리며 대들었다.

"이게 좁쌀밥만 먹고 살았나. 말마다 영 기분 나쁘게시리 반말로만 내뱉는군. 단단히 정신을 차릴 필요가 있는 작자라니까."

마침내 싱싱 청과물 사내가 죽기 살기로 김 반장의 멱살을 잡고 바둥거리기 시작했다. 몸피[•]가 유난히 왜소하여 애초 김 반장의 상대가 되지도 못하면서 기를 쓰고 덤벼드는 그를 김 반장은 여유 있게 메다꽂았다[•]. 이 못된 놈이 사람 친다, 고 악을 쓰면서 덤벼드는 그를 향해 김 반장은 알게 모르게 주먹 솜씨를 발휘하였다. "어디서 굴러먹던 뼉다귀인지 생전 보지도 못한 놈이 남의 장사 망치려고 덤벼든 것을 생각하면 내 속이 터진다구."

김 반장의 목소리는 칼날처럼 서늘했다.

"와 이라노? 이게 무슨 짓들이가. 한동네 삼시로 서로 웬 주먹질이란 말이가. 보소, 아저씨가 참으소. 맞는 사람만 손해라 카이. 아이구마 김 반장아, 니가 깡패로 나섰노? 이러는 기 아니다. 아무리 억울헌 일이 있다 캐도 나이 많은 아저씨한테 이러는 기 아니다. 이 손 치아라! 내 말 안 들을라먼 인자부터 니랑 내랑 아는 체도 말자

• **몸피** 몸통의 굵기.
• **메다꽂다** 어깨 너머로 둘러메어 힘껏 내리꽂다. '메어꽂다'를 강조하여 이르는 말.

형제슈퍼
쌀
탄
부식

고마. 이 손, 치아라!"

원미 지물포 주 씨가 적극적으로 두 사람을 뜯어말렸다. 지물포 주 씨가 뜯어말리는 그 사이에도 김 반장은 연신 싱싱 사내의 옆구리를 향해 헛발길질을 해 대고 있었다.

싸움 구경에 나섰던 사람들은 그날의 사건을 두고두고 입에 올렸다. 다음다음 날, 싱싱 청과물 사내가 입술을 깨물며 리어카 행상으로 과일 처분에 나선 것을 보고는 모두들 김 반장의 잔인함에 몸을 떨었다. 구정 대목을 보려고 무리하면서까지 들여놓은 과일들을 소화하기 위해서는 그 수밖에 없기는 하였다.

"지독해. 김 반장네 가게에선 앞으로 두부 한 모도 사지 않을 거야."

시내 엄마는 질렸다는 듯이 고개를 설레설레 흔들었다. 이제 네 살짜리 시내 하나를 두고 있는 그녀는 얼핏 보기엔 64번지 새댁보다 훨씬 앳되어• 보였다. 써니 전자를 꾸려 나가는 그들 부부의 사는 모습도 지극히 낭만적이어서 깊은 밤, 문 닫힌 그들 가게에서 흘러나오는 애수• 어린 음악 소리만 들어도 그것을 능히 짐작할 수 있는 터였다.

"경호 아버지도 다시 봐야겠어. 어쩌면 그렇게 몸을 사릴까. 약아빠졌어. 난 김 반장보다 경호 아버지가 더 얄밉드라."

64번지 새댁이 분개하였지만 여자들은 김 반장 쪽이 아무래도 나빴다는 쪽으로 의견들을 모았다. 그렇게까지 독한 줄은 몰랐었는

• **앳되다** 애티가 있어 어려 보이다.
• **애수** 마음을 서글프게 하는 슬픈 시름.

데 정말이지 사람이란 두고두고 겪어 보아야만이 속을 안다고 입을 비쭉였다.

원래가 목•이 좋지 않아 어느 장사든 길게 가 본 적이 없는 싱싱 청과물은 문을 연 지 한 달 만에 셔터를 내리고야 말았다. 만둣집, 돼지갈비 전문, 오락실 따위의 장사를 벌였던 이전의 주인들도 두 세 달을 채우지 못했으니까 그닥 이상할 것도 없는 일이었다. 다만 몇 푼이라도 가게 치장에 돈이 든 것도 아니고 미처 팔지 못한 과일이나 부식은 식구들이 먹어 치우면 될 것이니 딴 사람들에 비해 큰 손해는 없을 것이라고 여자들은 수군거렸다. 동맹자들이 결국은 목적을 달성한 사실에 대해 한편으로는 놀라기도 하면서 혹은 언짢게 생각하기도 하면서.

특히 시내 엄마가 싱싱 청과물의 폐업을 가장 가슴 아파했다.

"오죽하면 여기까지 와서 장사를 벌였을라구. 이 동네가 어디 장사해서 돈 벌 곳이 되나? 그깟 것 같이 좀 먹고살면 어때서. 너무 잔인해."

"문 닫은 걸 보니 안되긴 좀 안됐어. 그래도 어쩌겠나. 다들 먹고 살아 보려고 아옹다옹하는 것이니……."

원래 대범한 편인 지물포 여자가 다소나마 김 반장을 감싸 주었다.

이월로 접어들면서 영상 10도 이상의 따뜻한 날씨가 며칠 계속되는 중이었다. 언제 꽃샘추위가 밀어닥쳐 꽁꽁 얼어붙게 할는지 그것은 알 수 없지만 하여간 요사이라면 봄이 왔다고 해도 틀린 말은 아니었다. 원미동 거리는 모처럼 시끌벅적하였다. 아이들도 모

• 목 자리가 좋아 장사가 잘되는 곳이나 길 따위.

조리 쏟아져 나와서 세발자전거를 타기도 하고 무작정 달음박질을 쳐 보기도 하였다. 아이들을 거느린 차 써니 전자 앞의 양지에 한 무리 모여 서 있던 여자들 중의 하나가 낮은 목소리로 킥킥 웃었다.

"저것 봐. 봄이 오긴 왔어. 겨우내 뜸하더니만 으악새 울음소리랑 이제 실컷 듣게 생겼군."

아닌 게 아니라 겨울 동안 기척도 없던 으악새 할아버지가 무궁화 연립의 계단 앞에 나와 있었다. 벌써 한바탕 으악새 울음을 쏟아 놓고 온 길인지 팔굽을 탁 치고 으악, 손뼉을 탁 치고 으악, 하는 일련의 동작들이 무르익을 대로 무르익었다. 으악새 할아버지는 그렇게 얼마 동안 미진한 울음을 다 뱉어 내고 나서는 머리를 쓰다듬으며 계단을 밟아 현관 안으로 사라져 버렸다.

"참말로 저것이 무슨 병인지 몰라. 보는 사람도 이렇게 심장이 지랄 같은데 으악, 으악 치밀어 올라오는 그 할아버지야 오죽할까."

"그러게 말예요. 내 생전에 저렇게 요상스런 병은 처음이에요. 예전에 누군가는 자꾸만 웃음이 나오는 병이 있다고 그러긴 합디다만."

"그래 말야, 차라리 웃음이 나오는 병이면 듣기라도 좋게? 저건 꼭 가래 긁는 소리 같기도 하고 등에 칼침 맞는 소리 같기도 하고……."

"에이구, 징그런 소리도 한다. 저 양반이 그래도 어찌나 정갈한지 혼자 사는 노인네 빨래가 안집 것보다 많대. 가끔가다 으악새 소리만 안 내면 나무랄 데가 없는 노인인데……."

한참 동안 으악새 할아버지를 입에 올렸던 원미동 여자들은 고흥댁의 출현으로 다시 화제가 옮겨졌다. 원미동 여자들이 환담하는• 자리에는 꼭 끼여 있던 고흥댁이 어째 보이지 않는가 했더니 강남 부동산 문이 벌컥 열리면서 그녀가 나타난 것이다.

"뭐 좋은 일이 있어요?"

날씨 탓도 있겠지만 고흥댁 얼굴이 썩 밝아 보이는 것을 두고 묻는 우리 정육점 여자의 물음이었다.

"좋은 일이 머시당가? 요새 복덕방 좋을 일 있등가?"

"그런 말씀 마세요. 봄도 오고 슬슬 집들이 뜰 텐데……. 그나저나 한 건 했나 보죠? 뭐예요. 전세?"

이번에는 소라 엄마가 기어이 물고 늘어졌다.

"아따 족집게네. 싱싱 청과물 가게가 나갔어. 인자 막 계약혔네."

"벌써요? 하긴 빨리 뜨는 게 그 사람한테는 좋을 거야."

시내 엄마는 새삼 김 반장의 형제 슈퍼를 흘겨본다.

"그란디 이번엔 시내네가 쬐깐 괴롭겄어야."

고흥댁의 의미심장한 말에 여자들은 모두 시내 엄마의 얼굴을 쳐다보았다.

"아니 왜요? 왜 우리가 괴로워요?"

시내 엄마가 눈을 동그랗게 떴다.

"글씨 말여. 그 사람들도 딱 작정헌 것은 아니라고 허드만 워낙이 배운 기술이 그것뿐이당게 딴 장사를 할 리가 없제잉."

"네에? 그럼 전파상•이 온단 말예요?"

• **환담하다** 정답고 즐겁게 서로 이야기하다.
• **전파상** 전자 기기 제품을 팔거나 수리하는 가게. 또는 그런 사람.

시내 엄마 얼굴이 금세 변했다.

"아직 딱 부러지게 정헌 것은 아니래여. 이것저것 알아본 담에 헌다니께……."

이웃 간에 미리 일러 주지 않고 구전• 부터 챙긴 죄가 있어서 고흥댁은 자연 말꼬리를 흐렸다.

"오죽하면 이 동네까지 와서 전파상을 벌일라구. 같이 먹고살아야지. 안 그래?"

시내 엄마가 한 말을 흉내내는 우리 정육점 안주인 때문에 여자들은 모두 깔깔 웃어 댔다. 시내 엄마는 샐쭉한• 얼굴로 웃는 둥 마는 둥 하는 중이었다. 64번지 새댁은 그러나, 이제부터의 일이 더 궁금해서 못 견디겠는 모양이었다.

"앞으로는 어떻게 되지요? 또 싸울까요? 그때 보니 경호네도 보통 아니든데요?"

동맹을 맺어 틈 사이로 기어드는 싱싱 청과물을 제거하는 데 성공했으므로 남은 일은 김포와 형제가 어떤 방침으로 돌아서느냐 하는 것뿐이었다. 말하자면 휴전 협정의 효력은 다한 셈이니 이제는 어떤 일이 벌어지겠느냐 하는 이야기였다.

"아이구, 새삼스레 뭘 또 싸우리라구. 이왕지사 그리된 것, 서로 타협해서 좋도록 해야지."

이것은 고흥댁의 타협안인데 아무래도 시내 엄마를 염두에 둔 말인 듯싶었다.

• **구전** 흥정을 붙여 주고 그 보수로 받는 돈.
• **샐쭉하다** 마음에 차지 아니하여서 약간 고까워하는 태도가 드러나다.

"어머나. 김 반장이 가만있겠어요? 그리고 이 바닥에서 똑같은 장사를 벌여 놓았다가는 결국 두 집 다 망하고 말걸요."

시내 엄마의 발언 내용이 잠깐 사이에 극과 극으로 달라진 것을 모를 리 없는 여자들은 모두 입을 조심하였다. 섣불리 잘못 말하였다간 이웃 사이에 금만 갈 뿐이다.

"우리야 뭐 굿이 나 보고 떡이나 먹어야지."

소라 엄마의 심드렁한 말에, "고래 싸움에 새우들 배부르는 재미 말이제?" 하고 고흥댁이 예의 그 옛말 풀이를 들고 나왔다.

"김 반장도 끝을 보는 성격인데 심상찮아."

많은 식구 거느리고 살다 보니 자연 악만 남았다는 김 반장의 자기 변명을 가장 잘 이해하는 이웃인 지물포 여자의 근심 어린 걱정도 나왔다.

"왜들 이렇게 장삿길로만 빠지는지 몰라."

우리 정육점 여자의 우문•이었다.

"먹고살기가 힘드니까 그렇지요."

새댁이 즉각 현명한 답을 내놓았다.

그리고는 잠시 잠시 말이 끊겼다. 매일매일을 살아 내야 한다는 점에서 원미동 여자들 모두는 각자 심란한 표정이었다. 그중에서도 시내 엄마가 가장 울상이었다. 아이들 속에서 끼여 놀던 지물포집 막둥이가 넘어졌는지 입을 크게 벌리고 앙앙 울어 대는 것을 신호로 여자들은 제각각 흩어져 버렸다. 그리고 빈 자리에는 이른 봄볕

• **우문** 어리석은 질문.

• **푸지다** 매우 많아서 넉넉하다.

만 엄청 푸졌다.

양귀자 (1955 ~)

양귀자는 1955년 전북특별자치도 전주에서 태어나, 한국 현대 문학을 대표하는 소설가로 자리매김해 온 작가입니다. 대표작으로는 『원미동 사람들』이 있으며, 『나는 소망한다 내게 금지된 것을』, 『모순』 등에서 서민의 삶과 인간 내면의 갈등을 섬세하게 그려 냈습니다. 도시 주변부 소시민들의 이야기를 통해 인간다운 삶과 연대의 가치를 따뜻한 시선으로 표현한 작가로 평가받습니다.

활동하기

1 사건의 흐름 정리하기

주요 갈등을 중심으로 이 소설의 내용을 정리해 봅시다.

김 반장과 경호네의 갈등	'김포 쌀 상회'가 가게를 넓혀 '(①)'(으)로 바꾸고 생필품까지 팔기 시작함. → 같은 동네의 '(②)' 김 반장이 쌀과 연탄을 팖. → 두 슈퍼가 손님을 빼앗기지 않으려 (③) 을/를 벌임.
동네 사람들의 갈등	처음엔 누구 가게를 도와야 할지 (④)했지만, 점점 싼값과 덤에 끌려 이쪽저쪽 가게를 오가며 (⑤)을/를 얻음.
싱싱 청과물과의 갈등	'(⑥)'이/가 나타나 부식과 과일을 팔기 시작함. → 김포 슈퍼와 형제 슈퍼가 (⑦)을/를 맺어 싱싱 청과물의 장사를 방해함.
갈등의 여운과 새로운 갈등의 시작	싱싱 청과물은 (⑧)하고, 주민들은 체념 섞인 이해 속에서 (⑨)을/를 느끼며 서로의 삶을 바라봄. → 써니 전자와 같은 업종인 (⑩)이/가 들어올 것으로 예상됨.

2 작품의 사회·문화적 배경 이해하기

작품 속 장면과 이를 통해 알 수 있는 사회·문화적 특징을 연결해 봅시다.

❶ 요즘 집집마다 … 유선 방송이라는 게 … 영화를 보내 주고 있기 때문에 사람들은 … 텔레비전 앞에 붙어 앉는 것이다. •	• ㉠ 경기가 나빠 장사하기 힘든 도시 서민의 현실
❷ 경호 아버지는 겨울철이라 밀려드는 연탄 주문으로 … 눈코 뜰 사이 없었다. •	• ㉡ 시골 사람들이 일자리를 찾아 도시로 이주하는 현상
❸ 서울 미용실 옆으로 비어 있는 점포가 서너 개 있었다. •	• ㉢ 대중문화의 확산으로 공동체의 정이 약해지는 사회
❹ 충청도 산골 마을에서 … 상경한 이들 내외는 품팔이로 … 사 년 전, 원미동에 어엿하게 김포 쌀 상회를 내었다. •	• ㉣ 도시 서민들의 바쁜 노동과 힘든 생계

소제목의 의미 이해하기

3 소제목 '일용할 양식'의 의미를 고려하여, 작가는 보여 주고자 한 인물들의 삶의 모습을 생각해 봅시다.

사전적 의미

일용할 양식: 하루하루 먹고살기 위한 최소한의 음식이나 생계.

작가의 의도 파악하기

4 작품의 마지막 문장에 담긴 의미와 작가의 의도를 생각해 봅시다.

그리고 빈 자리에는 이른 봄볕만 엄청 쿠졌다.

(1) '봄볕'이 상징하는 의미:

(2) 이 결말을 통해 작가가 전하고자 한 생각:

작품 해설

사람답게 살아가기 위한 조건, '일용할 양식'

사람답게 살아가고자 하는 바람은 어느 시대, 어느 사회에서나 존재해 왔습니다. 작가는「일용할 양식」을 통해 1980년대 도시 외곽, 원미동이라는 마을에서 살아가는 평범한 사람들의 이야기를 들려줍니다. 급격한 도시화와 시장 경제의 변화 속에서, 이웃이었던 사람들이 생존을 위해 서로를 경쟁자로 바라보게 되는 모습은 당시 사회가 마주한 공동체의 해체 문제를 고스란히 드러냅니다.

이야기는 동네 쌀가게였던 '김포 쌀 상회'가 '김포 슈퍼'로 바뀌며 시작됩니다. 다양한 생필품을 파는 종합 슈퍼로 변한 김포 슈퍼는 손님을 끌어모으지만, 곧 위기감을 느낀 '형제 슈퍼'의 김 반장과 서로 가격을 낮추며 맞서게 됩니다. 이들의 경쟁이 갈수록 격화되는 가운데 '싱싱 청과물'이라는 새 가게가 들어서자 두 슈퍼는 동맹을 맺고 그 가게를 몰아내기로 합니다. 결국 싱싱 청과물은 버티지 못하고 문을 닫게 되지요.

처음엔 단순한 가게 간의 가격 경쟁처럼 보였지만, 이 과정을 통해 독자인 우리는 이웃과 이웃이 적이 되어 가는 현실을 마주하게 됩니다. 상도덕보다 생존이 앞서게 된 현실에서 사람들 사이의 신뢰와 정은 점점 희미해집니다. 작가는 이러한 현실을 비판하는 데 그치지 않고, 경쟁의 중심에 있는 인물들조차 특별한 악인이 아니라 하루하루를 살아 내기 위해 발버둥 치는 평범한 사람들로 그려 냅니다. 이러한 묘사를 통해 당시 서민들이 처한 삶의 무게를 진지하게 보여 줍니다.

이 작품의 가치는 화려하거나 특별한 사건 없이도 우리 주변의 평범한 사람들을 통해 '살아간다는 것'의 현실적 무게와 인간다움의 의미를 생각하게 만든다는 데 있습니다. 작가는 제목인 '일용할 양식'을 통해 하루하루를 버티며 살아가는 서민들의 힘겨운 삶과 그 속에서도 지켜 가려는 인간다움을 보여 줍니다. 사람답게 살아가려는 마음이란 하루하루의 끼니를 넘어 사람 간의 신뢰, 공동체의 온기, 그리고 인간다움을 잃지 않으려는 삶에서 비롯됨을 느끼게 해 줍니다.

「일용할 양식」은 서민의 삶을 조명하는 따뜻한 시선과 현실에 대한 냉철한 관찰이 어우러진 작품입니다. 우리가 살아가는 사회에서도 여전히 유효한 질문을 던지는 이 소설은 지금 이 시대에도 많은 생각할 거리를 안겨 줍니다.

+ 감상 더하기

• 작품 속 당시의 사회상

「일용할 양식」은 1980년대 도시 외곽 지역인 원미동을 배경으로, 급속한 도시화와 자본주의 확산 속에서 서민들이 어떻게 살아가는가를 사실적으로 보여 줍니다. 생계를 유지하기 위해 작은 가게들끼리 경쟁하고, 결국 이웃 간의 정마저 잃게 되는 모습을 통해 당시 개발 중심의 경제 구조가 지역 공동체와 인간관계를 점점 해체하고 있었음을 알 수 있습니다. 가게 간의 갈등과 배제, 동맹과 이기심은 단지 상업적 경쟁을 넘어서 사람과 사람 사이의 신뢰가 무너지는 현실을 반영합니다.

• 소시민적 인물상

이 작품에 등장하는 인물들은 영웅적이거나 이상적인 존재가 아닙니다. '김포 슈퍼' 주인, '형제 슈퍼'의 김 반장, '싱싱 청과물' 사장 등은 모두 평범한 소시민(크게 가진 것도, 전혀 없는 것도 아닌 중간 계층의 평범한 사람들)으로서 하루하루 생계를 유지하기 위해 고군분투합니다. 이들은 때로는 양심과 이익 사이에서 갈등하고, 때로는 생존을 위해 타인을 밀어내기도 합니다. 그러나 이들의 선택은 악의에서 비롯된 것이 아니며, 현실의 무게에 짓눌린 사람들의 복잡한 내면을 드러냅니다. 이처럼 이 작품은 현실적인 인물을 통해 인간다운 삶의 조건을 성찰하게 만듭니다.

• 작품의 의의

「일용할 양식」은 도시 서민의 일상을 사실적으로 담아낸 리얼리즘 소설로 평가받습니다. 소설의 배경이 되는 원미동의 '원미(遠美)'는 문자 그대로 '아름다움이 멀리 있다'는 의미로 해석될 수 있습니다. 작가 양귀자는 현실의 원미동을 배경으로, 이곳에 사는 사람들이 닿기 어려운 행복과 이들이 처한 삶의 무게, 그리고 인간다움과의 거리를 섬세하게 드러냅니다. 경쟁과 배제가 일상이 된 사회 속에서 사람 사이의 관계가 점점 메말라 가는 모습을 통해 공동체의 붕괴를 비판하고, 그 안에서도 사람다움을 지키려는 작고 소중한 마음들을 포착합니다. 이를 통해 독자는 '싸게 사는 것'보다 더 중요한 '함께 살아가는 방법'에 대해 성찰할 수 있게 됩니다.

엮어 읽기

『운수 좋은 날』 • 현진건

1920년대, 가난한 서민들이 어떻게 하루하루를 살아갔는지 보여 주는 작품이 있습니다. 하루 벌어 하루를 살아가는 인력거꾼 김 첨지의 이야기를 통해, 당시 사회의 현실과 서민의 삶을 함께 들여다봅시다. 그리고 사람답게 살아가기 위해 정말 지켜야 할 것이 무엇인지, 고단한 삶 속에서도 우리가 놓치지 말아야 할 가치는 무엇인지 생각해 봅시다.

아일랜드 베이비

국어 교과서가 선택한 소설 읽기

03

먼 곳으로 여행을 떠날 때 여러분은 기분이 어떤가요? 아마도 떠나기 전부터 너무 설레서 들떠 있고, 여행 계획을 세우느라 즐거운 나날을 보내겠지요. 그런데, 가족과 함께 가는 여행지가 마음에 안 들어서 안 가겠다고 버티고, 짐도 제대로 싸지 않은 채 툴툴대는 아이가 있습니다.

어떤 사연이 있는 걸까요? 지금 만날 주인공에게는 남다른 출생의 비밀이 있습니다. 그로 인해 내적 갈등을 겪고 있는 주인공에게 낯선 곳으로의 여행은 또 다른 고민을 불러일으킵니다. 주인공은 이런 고민과 갈등을 해결할 수 있을까요? 어떤 고민인지, 그 고민에 나도 공감이 되는지 생각하면서 주인공과 함께 낯선 곳으로의 여행을 떠나 봅시다.

이금이

아일랜드 베이비

서울에서 제주까지 한 시간밖에 안 걸렸다. 우리는 짐부터 찾았다. 배낭 네 개 중 내 것만 헐렁했다. 무엇을 집어넣었는지 기억도 나지 않았다. 되는대로 옷을 구겨 넣으며 아빠, 엄마가 이번 계획을 후회하게 만들자고 다짐했던 것만 떠올랐다.

기후도 크게 바뀌지 않았다. 공항 밖에 야자수가 서 있었지만 서핑할 날씨는 아니었다. 사람들 옷차림도 서울과 다름없이 겨울 점퍼 차림이었다. 남쪽에 있는 섬이라고 해서 하와이 같은 휴양지일 거라고 상상했다. 내륙 지역•인 미시간•에서만 살아온 나는 바다만큼 넓은 호수는 보았지만 진짜 바다는 본 적이 없다. 제주에 간다고 했을 때 바다에서 서핑하며 피부를 태울 수 있다면 참아 줄 만하다고 마음을 달랬었다. 검게 그을리면 근사해 보일 거라고 생각하면서 말이다. 이젠 그런 기대마저 사라졌다.

"오늘은 호텔 가서 그냥 쉬자."

피곤해 보이는 아빠가 말했다. 엄마도 지친 기색이 역력했다•. 억

• **내륙 지역** 바다에서 멀리 떨어져 있는 지역.
• **미시간** 미국 중북부에 위치한 주.
• **역력하다** 자취나 기미, 기억 등이 환히 알 수 있게 또렷하다.

지로 끌려온 나는 더했다. 미시간 시간으로는 새벽 여섯 시니 밤을 꼬박 새운 셈이다. 그런데 레오가 보이지 않았다. 녀석을 찾은 곳은 관광 안내소 앞이었다. 레오는 제주에 관한 영문 안내서를 잔뜩 챙겨 들고 있었다. 아빠는 레오가 말없이 없어졌던 건 잘못이지만 안내서를 챙긴 건 잘한 일이라고 했다. 아무 관심 없는 나를 나무라는 것 같았다.

나는 레오를 째려보았다. 한국에 닿자마자 곧바로 제주에 간다는 걸 알았을 때 레오는 절망한 얼굴로 "말도 안 돼!"를 외쳤다. 그동안 위성 사진까지 봐 가며 서울을 탐구했으니 그럴 만도 했다.

"너무 실망할 거 없어. 서울에서도 머물 거니까."

아빠 말에 금방 얼굴을 펴고 헤헤거리는 꼴이라니. 엄마, 아빠만 없으면 한 대 치고 싶었다. 어디서든 레오 때문에 더 시선을 끌었다. 서울 지하철에서 녀석은 영어가 씌어 있는데도 굳이 한국어를 읽었다. 잘이나 하면 모를까 이제 겨우 말 배우는 아기 수준이면서 말이다.

레오는 케이팝 팬이다. 하도 떠들어대 몰래 케이팝 가수들 영상을 찾아본 적이 있다. 멋있기는커녕 이상한 점만 눈에 띄었다. 왜 그렇게 노란 머리가 많은지, 어째서 하나같이 노래 중간에 영어 가사가 들어가는지, 여자고 남자고 뭐가 멋있다는 건지……. 열광하는 레오까지 이해하기 어려웠다.

엄마, 아빠는 레오를 따라 한국말을 해 보다 웃음을 터뜨렸다. 셋은 한 가족 같다. 그럴 때마다 나는 내가 정원에 돋아난 잡초처럼, 뽑아 버려야 하는 존재가 된 느낌이다. 내 마음을 달래 주는 건 익숙한 음악뿐이다. 나는 이어폰을 귀에 꽂았다.

엄마가 또 사진을 찍자고 했다. 친구들에게 특별한 크리스마스 휴가를 자랑하고 싶겠지. 미시간주 워시트노 카운티• 변두리에 있는 작은 마을 사람들에겐 지구 반대편 나라로의 여행이 놀랄 만한 일일 테니까. 하지만 나는 엄마에게 장단 맞출 기분이 아니었다. 내게는 14년 3개월 인생 중 최악의 크리스마스 방학이다. 엄마는 내 마음을 알면서 모르는 척하고 있다. 엄마가 사진을 찍는 순간 나는 인천 공항에서처럼 프레임 밖으로 벗어나 버렸다.

"제이, 이리 와 봐. 제이, 제이든."

엄마가 몇 번이나 다시 시도했지만 나는 끝까지 사진을 찍지 않았다. 말을 듣는 순간 엄마는 내 마음이 풀어졌다고 믿어 버릴 것이다.

우리는 시내 호텔로 가기 위해 택시를 탔다. 택시 안에서 레오는 제주 크기가 워시트노 카운티와 비슷한데 인구는 두 배 가까이 많다고 했다. 그래서인지 워시트노 중심 도시인 앤아버보다 높은 건물도 많고 복잡해 보였다. 아홉 시가 넘었는데 거리엔 불빛이 환하고 사람들도 많았다. 우리가 묵을 호텔은 근처 건물 중에서 가장 높아 보였다.

"이틀 동안 시내에 묵으면서 제주를 좀 안 다음 다른 데로 옮겨 가자. 다음 행선지는 너희들이 결정해."

엄마 말이 하나도 반갑지 않았다. 그 결정권은 여행 계획을 세울 때 줬어야 했다.

2주일 전 저녁 식탁에서 엄마, 아빠가 중대 발표가 있다고 했다.

• **카운티** 미국 등에서 사용하는 행정 조직의 단위. 우리나라의 군과 성격이 비슷하다.

이번 크리스마스에 준비한 '특별 선물'에 관한 이야기였다. 크리스마스 휴가는 요크타운에 있는 할아버지 집에 모여서 지내는 게 관례였다. 앤아버에 사는 삼촌네 가족은 물론 시카고에서 직장 다니는 고모까지 다 왔다.

이번 크리스마스에 가장 받고 싶은 선물은 베이스 기타였다. 기타가 있어야 밴드부에 들 수 있기 때문이다. 초등학교 때부터 친구인 애나가 달리 보이기 시작한 건 8학년• 첫날이었다. 나는 애나의 그냥 친구가 아니라 남자 친구가 되고 싶었다. 여자애들한테 관심받는 지름길은 미식축구나 야구팀에서 학교 대표 선수로 뛰는 거다. 그런데 나는 운동을 좋아하지 않았고 체격도 그냥 그렇다. 대신 밴드부에 들어 멋지게 기타를 치면 애나에게 새롭게 보일 것이다. 하지만 부모님이 비싼 기타를 크리스마스 선물로 줄 리 없다. 일찌감치 포기하고 있었는데 특별한 선물이 있다고 하자 기대가 됐다.

"허니, 당신이 이야기해."

엄마는 자신만만한 미소를 억지로 감춘 채 아빠에게 말했다. 나와 레오의 시선이 아빠에게 쏠렸다.

"이번 크리스마스에 가족 여행을 갈 거야."

엄마는 좀 더 극적이고, 감동적으로 발표하기를 바랐겠지만 무뚝뚝하고 말주변 없는 아빠는 그 말만 하고 말았다. 엄마는 늘 내가 아빠를 닮았다고 했다. 아무튼 엄마는 열흘 넘는 휴가를 내기 위해 야근까지 한 것, 여행 경비를 모으느라 그동안 얼마나 애썼는지 같은 이야기들을 덧붙였다. 설명이 길어질수록 기대감이 높아졌다.

• **8학년** 미국은 12학년 구조로 되어 있는데, 8학년은 우리나라 중학교 2학년에 해당한다.

유럽이라도 가려나? 유럽까진 아니어도 괜찮다. 큰 도시라고는 시카고에 가 본 게 다니 뉴욕이나 엘에이, 플로리다도 좋다.

"어디로? 어디로 갈 건데?"

레오가 안달했다•. 아빠는 엄마에게 대답을 미뤘고, 엄마는 유명 시상식에서 수상자라도 발표하는 양 뜸을 들였다. 그리고 대단한 곳인 것처럼 "한국."이라고 했다. 잘못 들었나 의심하고 있는데 레오가 천장을 뚫고 나갈 기세로 환호했다. 그 순간 왜 헨젤과 그레텔 이야기•가 떠올랐는지 알 수 없다. 나는 자리를 박차고 일어서며 소리쳤다.

• **안달하다** 속을 태우며 조급하게 굴다.
• **헨젤과 그레텔 이야기** 독일의 동화로, 숲속에 버려진 헨젤과 그레텔 남매가 길을 잃고 헤매다 사악한 마녀에게 잡히지만, 지혜를 발휘하여 탈출한다는 이야기이다

"싫어, 안 가!

크리스마스 방학을 모두 바쳐 한국이라니. 가기 싫다고 벋대고•, 화내고, 사정도 했지만 결국 나는 끌려오다시피 한국에 와 있다.

호텔은 조명 때문인지 외관이 화려해 보였고 로비에 커다란 크리스마스트리가 세워져 있었다. 프런트•의 직원들은 상냥하고 친절하고 영어도 잘했다. 우리는 체크인을 한 뒤 객실로 향했다. 19층이었다. 솔직히 그렇게 높은 곳에 올라가는 건 처음이었다. 빠른 엘리베이터에 감탄하는 우리는 영락없는 미시간 촌뜨기들 같았다.

레오가 배고프다고 했다. 나 역시 김포 공항에서 먹은 햄버거는 이미 소화되고 없었다. 공항에서 햄버거 가게를 발견했을 때 신기하고 반가웠다. 레오와 내가 저녁으로 햄버거를 먹자고 하자 아빠도 찬성했다. 평소엔 정크 푸드•라며 못 먹게 하던 엄마도 순순히 허락했다. 다른 문화에 열려 있는 것처럼 굴지만 엄마, 아빠도 실은 낯선 음식을 시도하기 겁났던 거다. 한국 햄버거는 미국 것에 비해 크기가 작고 고기 패티도 얇았다.

아빠까지 출출하다고 하자 엄마가 말했다.

"밖으로 나가기는 피곤하니까 룸서비스• 시키는 거 어때?"

한국 와서 처음으로 마음에 드는 제안이었다. 레오와 나는 프라이드치킨과 콜라를 골랐다.

"음식 오면 부를 테니까 너희들 방에 가서 짐 풀고 씻도록 해."

• **벋대다** 쉬이 따르지 않고 고집스럽게 버티다.
• **프런트** 호텔 현관의 계산대.
• **정크 푸드** 열량은 높지만 영양가는 낮은 즉석식과 즉석식품.
• **룸서비스** 호텔 등에서 객실에 식사나 음료를 제공하는 일.

엄마가 일렀다.

나와 레오 방은 부모님 옆방이다. 둘이 같은 방을 쓰는 건 아주 오래간만이다. 방으로 들어가자마자 레오는 창가 쪽 침대를 차지했다. 바깥 풍경 따위 볼 일 없으니 상관없었다. 레오가 커튼을 젖히더니 소리를 질렀다.

"제이, 밖 좀 봐. 야경이 끝내줘."

나는 그쪽을 보는 대신 목소리를 깔고 어금니를 문 채 말했다.

"레오, 앞으로 그만 나대라. 계속 그러다 내 손에 죽는다."

내가 먼저 열받아 죽지 않으려면 미리 주의를 줄 필요가 있다. 레오는 찔끔해선 속옷을 챙겨 들고 욕실로 들어갔다.

나는 침대에 누워 와이파이를 켜고 애나의 에스엔에스를 보았다. 쇼핑몰에 간 사진과 가족 선물을 샀다는 글에 하트를 눌렀다. 그 애는 내가 한국에 온 걸 모를 것이다. 엄마끼리 아는 사이니 어쩌면 알지도 모르겠다. 나는 공항 앞 야자수 찍은 사진을 내 에스엔에스•에 올린 뒤 제주, 한국이라는 해시태그를 달았다. 내가 한국에 온 걸 알면 애나는 뭐라고 할까? 애나가 질문해 올 것을 상상하자 제주가 조금 궁금해졌다. 하지만 일부러 찾아보고 싶지는 않았다. 레오가 샤워를 끝내기도 전에 아빠로부터 룸 전화가 왔다.

엄마가 한국식이라면서 시킨 치킨은 두 가지 버전이었다. 맵고 달콤한 소스를 곁들인 치킨은 중국 식당에서 먹었던 것과 비슷했다. 그래서인지 입맛에 꽤 맞았다.

"그런데 왜 여기서 5일씩이나 있어? 뭔가 특별한 곳이야?"

• **에스엔에스(SNS)** 우리말로 '사회 관계망 서비스'라고 한다.

레오가 불쑥 물었다. 잠시 엄마와 아빠의 눈이 서로에게, 그리고 우리에게 분주히 오갔다. 눈으로 무언가를 의논한 뒤 엄마가 말했다.

"마지막 날 알려 주려고 했는데 미리 이야기하는 것도 괜찮겠다. 제주는 우리 모두에게 아주 특별한 곳이야. 제이가 태어난 곳이거든."

뱃속 가득한 치킨 조각들이 모두 곤두서는• 느낌이었다. 내 출생지가 한국인 건 알고 있었지만 구체적인 장소는 몰랐다. 궁금했던 적도 없었다.

"진짜? 제이가 여기서 태어났다고? 나는? 나는 어디서 태어났어? 거기도 갈 거야?"

레오가 흥분해서 물었다.

"이미 들렀어. 서울이야."

아빠가 말했다.

"그럴 줄 알았어. 어쩐지 끌리더라니까."

레오가 주먹을 불끈 쥐었다. 그러더니 갑자기 날 끌어안았다.

"고마워, 제이."

"꺼져."

나는 레오를 떨쳐 냈다. 그러면서도 뭐가 고맙다는 건지 궁금했다. 레오가 우쭐해서 입을 열었다.

"제주는 화산섬이래. 수백만 년 전 바다에서 용암이 분출해서 생겨난 거야. 빙하기 때 해수면이 낮아져서 육지랑 연결됐고 동물들이 이동해 와서 살게 된 거지."

• **곤두서다** 거꾸로 꼿꼿이 서다.

언제 알아봤는지 줄줄 읊는 레오는 서울만큼이나 제주에 흥분해 있었다. 레오의 꿈은 지구 과학자다. 지구나 우주의 기원에 대해 연구하고 싶다나. 내 꿈은? …… 없다. 대학은 미시간주를 벗어난 곳으로 가고 싶다는 것밖에. 하루빨리 가족을 떠나 자유롭게 살고 싶다.

"우리, 화산섬에 온 거 처음이잖아. 제이가 여기서 태어나서 진짜 행운이야. 헤이, 아일랜드 베이비."

레오가 날 장난스레 불렀다.

"닥쳐."

나는 벌떡 일어나 우리 방으로 돌아왔다.

갈아입을 속옷을 꺼내기 위해 가방을 열었는데 퀴퀴한 냄새가 났다. 되는대로 집어넣은 옷들은 빨 것과 새것이 뒤섞여 있었다. 나는 겨우 새 팬티를 찾아 들고 욕실로 들어갔다. 머리에 칠한 샴푸 거품으로 몸까지 문지르곤 쏟아지는 물줄기를 마냥 맞고 서 있었다.

샤워를 마치고 나오니 레오는 벌써 잠들어 있었다. 온종일 흥분해서 설쳐 댔으니 나가떨어질 만도 했다. 나는 야경이 펼쳐진 창가로 갔다. 도시의 불빛이 우리 집 뒷마당에서 올려다보던 별처럼 반짝거렸다.

'여기가 내가 태어난 곳이라고?'

지금 벌어지고 있는 일들이 꿈속인 양 현실감이 느껴지지 않았다.

뷔페 조식이 준비된 식당에선 바다와 산이 다 보였다. 아스라이• 보이는 산꼭대기에 눈이 하얗게 쌓여 있었다. 나와 레오는 누가 더

• **아스라이** 보기에 아슬아슬할 만큼 높거나 까마득할 정도로 멀게.

많이 쌓나 내기라도 하듯 접시에 음식을 담았다. 익숙한 음식이 많았다. 여기서 지내는 동안 먹는 게 유일한 낙일 것 같았다. 엄마, 아빠는 초밥, 해산물 수프를 담아 와 우리에게 권했다.

"오늘 뭐 할 거야?"

레오가 해맑은 얼굴로 물었다.

"박물관 어때? 가까운 데 두 군데나 있더라. 일단 제주에 대해 알아보자."

"좋아. 가이드북 보니까 돌 공원도 있던데, 거기도 가 보고 싶어."

"전통 시장에도 가 보자."

"흑돼지 바비큐도 먹어 봐야지?"

세 사람은 오손도손 관광객다운 대화를 나누었다. 나는 다른 집 아이인 양 잠자코 먹기만 했다.

저녁에 흑돼지 바비큐를 먹은 것 외에 좋은 일이라곤 없는 하루가 지났다. 온종일 나는 외계 행성에 혼자 떨어진 것처럼 불안하고 외롭고 무섭고……그랬다. 호텔로 돌아와 씻고 에스엔에스에 접속하자 비로소 내가 속한 세계로 귀환한 느낌이었다.

- 아이돌 봤냐?
- 너 간 데가 남한이야? 북한이야?

어젯밤 올린 사진에 달린 댓글들이었다. 어이없었다.

- 멋지다. 재밌게 놀다 와.

애나 댓글에 저절로 미소가 지어졌다. 애나는 중국계 미국인이다. 100년 전 미국으로 이주한 중국인 후손이라지만 여러 피가 섞인 애나 얼굴엔 동양인 모습이 별로 보이지 않았다. 그런데도 그 애는 자신이 중국계임을 늘 자랑스럽게 내세웠다. 남보다 특출난 게 있으면 "동양의 피가 섞여서 그래."라고 하는 식이다.

한국은 23일 밤 아홉 시다. 우리 마을은 아침 여덟 시일 것이다. 나는 하루를 마감하려는데 애나는 하루를 시작하려고 한다. 서로 다른 시간 속에 있다고 생각하자 이상한 기분이 들었다. 애나에게 내가 있는 곳의 풍경들을 보여 주고 싶었다. 하지만 어제 올린 야자수 사진이 다였다. 오늘은 한 장도 찍지 않았다.

나는 레오를 슬쩍 보았다. 사진 좀 달라고 하고 싶었다. 녀석은 하루 종일 박물관에서 공부한 걸로도 모자라 호텔 프런트에서 구해 온 영자 책을 열심히 보고 있었다. 제주를 주제로 논문이라도 쓸 기세에 부모님은 또 얼마나 흐뭇해하던지. 사진을 달라고 하기 자존심 상해 포기하려는데 레오가 날 불렀다.

"왜?"

나는 얼른, 그러나 퉁명스럽게 대꾸했다.

"제주를 누가 만들었는지 알아?"

무시하는 것 같아 기분 나빴지만 사진을 위해 참고 말했다.

"화산 활동으로 생긴 거잖아."

"그건 어떻게고, 이번엔 누가 만들었냐고 묻는 거야."

"뭐, 창세 신화•라도 발견했냐?"

• **창세 신화** 우주와 인간 세계의 창조에 관한 신화.

나는 빈정거리듯 말했다.

"응, 엄청 웃겨. 들어 봐. 제주는 설문대라는 거인 할머니가 만든 거래. 하늘신의 딸인데 무슨 잘못을 해서 땅으로 쫓겨났다나 봐. 그런데 그 할머니가 얼마나 컸냐 하면 한라산을 베고 누우면 다리가 바다에 닿았대. 한라산도 할머니가 바닷속 흙을 앞치마로 날라다 만든 거고. 이건 또 뭐야? 할머니가 방귀 뀌는 바람에 세상이 뒤집혀서 섬들이 만들어졌다는 얘기도 있대. 완전 웃기지 않아?"

레오가 킥킥거리며 이야기했다. 그런데 나는 그 허무맹랑한• 이야기가, 제주는 신생대 제3기에서 신생대• 제4기에 걸친 화산 활동의 결과로 만들어졌다는 박물관의 설명보다 더 선명하게 그려졌다. 거인 할머니가 쉬엄쉬엄 '가끔 방귀도 뀌어 가며' 산을 만들고, 나무를 만들고, 꽃과 동물과 사람을 만드는 광경이 영화 장면처럼 머릿속에 펼쳐졌다. 나도 거인 할머니가 만들었을 것 같았다.

내가 잠자코 듣자 레오는 신이 나서, 무슨 섬은 할머니 빨래판이었다느니, 어디는 할머니가 오줌 싸서 만들어진 곳이라느니 떠들었다. 나는 나도 모르게 푹 빠져 듣고 있다 퍼뜩 정신을 차렸다. 언제까지 저 자식 잘난 척하는 거 듣고 있을 거야. 빨리 사진이나 받고 끝내. 막 사진 이야기를 꺼내려는데,

"오름은, 오름이 뭔지 알아?"

하고 레오가 물었다. 보자 보자 하니까 완전 무식쟁이 취급하고 있다.

"이게 진짜. 작은 화산 말하는 거잖아."

• **허무맹랑하다** 터무니없이 거짓되고 실속이 없다.

• **신생대** 중생대에 이어지는 가장 새로운 지질 시대. 약 6,500만 년 전부터 현재까지의 시대를 이르며, 그 말기에 인류가 나타났다.

"어, 아네. 정확하게는 한라산이 형성될 때 용암이나 가스가 분출되면서 주변에 만들어진 기생 화산•을 부르는 제주 사투리지. 제주엔 오름이 368개나 있어."

"그래, 잘났다. 알았으니까 사……."

레오는 내 말을 자르고 자기 말을 이어 나갔다.

"그런데 설화에서는 오름이 거인 할머니가 한라산 만들 때 앞치마에 난 구멍 사이로 떨어진 흙덩이들이래. 잘도 갖다 붙이지 않아? 와우, 이것 좀 봐, 제이."

레오가 책을 든 채 내 침대로 펄쩍 뛰어 건너왔다.

"저리 가."

발로 찼지만 녀석은 내 옆에 찰싹 붙었다. 나는 어쩔 수 없이 몸을 모로• 세워 자리를 내주었다.

"이것 봐. 이 오름은 거인 할머니의 솥이었대."

나는 궁금함을 이기지 못하고 레오가 가리키는 사진을 보았다. 섬이나 산처럼 생긴 오름의 움푹 팬 분화구가 레오 말대로 거대한 솥 같아 보였다. 레오는 눈으로 읽으며 입으로 설명했다.

"거인 할머니한테 아들이 500명이나 있었는데 날마다 이 솥에다 음식을 만들어서 먹인 거야. 장난 아니네. 얼마나 큰지 궁금하다. 우리 이 오름에 꼭 가 보자."

그 뒤에도 계속 떠들던 레오는 제 풀에 지쳐 잠이 들었다.

"야, 네 침대에 가서 자."

• **기생 화산** 큰 화산의 중턱이나 기슭에 형성된 작은 화산.
• **모로** 옆쪽으로. 또는 가장자리로.

발로 찼지만 레오는 꿈쩍도 하지 않았다. 레오는 어릴 때도 마당에서 놀다가 그 자리에 쓰러져 잠들곤 했다. 엄마가 이유를 묻자 형이랑 노는 게 너무 좋아서라고 했다. 졸린 것을 참고 참으며 놀다 자기도 모르게 잠이 드는 거였다. 나는 레오 침대로 옮겨 갈까 하다 그만두었다. 각자의 방이 생긴 뒤에도 허리케인이 불거나 번개가 치면 우리는 서로의 침대로 찾아들곤 했다. 붙어 자면 무섭지 않았고 악몽도 꾸지 않았다. 어린 시절, 레오는 나보다 더 자주 악몽을 꾸었다.

그날 밤 내 꿈속에서 거인 할머니의 솥은 수영장도 되고 아기 요람•도 되었다. 나는 거인 할머니의 아이가 돼 배부르게 먹고, 햇살을 받으며 헤엄치다, 포근한 요람에서 잠이 들었다.

사흘•째 날이 밝았다. 크리스마스이브지만 아무런 기대감도 없었다. 직장 일로 집에서부터 지쳐 있던 엄마, 아빠 덕에 오전엔 호텔에서 쉬기로 했다. 점심을 먹고 해녀 박물관에 다녀와 밤에 호텔 라운지•에서 크리스마스 파티를 하는 게 오늘 일정의 전부였다.

해녀 박물관은 엄마가 꼭 가고 싶다는 곳이었다. 해녀는 바닷속에서 해산물을 채취하는 직업을 가진 여자를 뜻한다고 했다.

"거긴 왜 가고 싶은 거야?"

점심 식사 때 새우 껍질을 벗기며 레오가 물었다. 해산물을 넣고 끓인 음식은 너무 맵고 짜고 뜨거웠다.

• **요람** 젖먹이를 태우고 흔들어 놀게 하거나 잠재우는 물건.
• **사흘** 세 번째 되는 날.
• **라운지** 호텔, 극장, 공항 등에 마련된 쉼터.

"제주에는 세 가지가 많대. 돌, 바람, 여자. 그중에서 해녀는 제주 여자의 상징이라는구나. 좀 더 자세히 알아보고 싶어."

엄마가 대답했다. 제주에 돌이 많은 건 확실했다. 어디서든 검은 돌을 볼 수 있었다. 바람은 아직 잘 모르겠다. 아무리 불어도 미시간의 허리케인이나 매서운 겨울바람에 비하면 껌이었다.

레오가 어젯밤 말했던 오름에 가고 싶다고 하자 아빠도 가이드북에서 봤다며 맞장구쳤다. 거인 할머니의 솥이라는 그곳은 나도 궁금했지만 잠자코 있었다. 한국에 오면서부터 내 침묵은 동의의 뜻이 됐다.

"이름이 해돋이 봉우리일 만큼 일출이 멋진 곳이라는데 내일 아예 그쪽에다 호텔을 잡을까?"

아빠 말에 레오가 애플리케이션으로 호텔을 검색했다. 셋은 호텔을 고르느라 내가 제대로 먹지 못하는 것도 몰랐다.

"바다 전망인지 확인해."

"전 객실이 바다 전망이래. 와, 방에서 일출 보면 좋겠다."

새벽에 추워 죽겠는데 일출 보러 끌려 나가지 않아도 되는 건 좋겠다.

택시를 타고 박물관에 도착한 우리는 해녀에 관한 영어 영상물부터 보았다. 해녀는 젊은 사람보다 나이 든 사람이 더 많았다. 여자들은 별다른 장비나 안전장치도 없이 물속에 들어가서 해산물을 채취했다. 지금은 스쿠버 다이빙 슈트 같은 거라도 입지만 옛날에는 한겨울에도 얇은 옷차림이었다. 나는 해녀들이 물 밖으로 올라와 새 울음 같은 소리를 내며 가쁜 숨을 내쉴 때에야 비로소 숨을 쉴 수 있었다. 해녀들의 삶과 관련된 전시물이 있는 어두한 전시실에서도 바닷속인 것처럼 답답했다.

화장실을 핑계로 전시실을 나온 나는 로비 쉼터에 앉았다. 잠을 설쳐서인지, 아직 시차 적응이 안 돼서인지 너무 피곤했다. 그때 전시실에서 보았던 한 가족이 내 옆으로 왔다. 할머니와 부부, 두 딸, 그리고 유모차에 탄 아기로 이루어진 가족이었다. 아빠가 딸들을 데리고 자동판매기에 가서 캔 음료를 뽑아 왔다. 엄마가 살살 흔들고 있는 유모차에 탄 아기가 자꾸 눈에 들어왔다. 아기는 곤히 잠들어 있었다.

갑자기 음료수 캔이 코앞에 쑥 들어왔다. 깜짝 놀라 보니 할머니가 주는 거였다. 내가 먹고 싶어서 자기들을 쳐다보는 줄 안 모양이었다. 얼굴이 화끈거렸다. 몇 번씩이나 거절하는데도 할머니는 막무가내로 내 손에 캔을 쥐여 주었다. 그러곤 꺼끌꺼끌한 손으로 내 등을 두드렸다. 무슨 의미지? 기분이 확 나빠졌다. 그때 레오 목소리가 들려왔다.

"헤이, 아일랜드 베이비."

나를 부르는 거였다. 전시실에서 나온 우리 가족이 내게 오고 있었다. 엄마, 아빠, 레오. 로비에 있는 사람들 눈이 우리에게 쏠렸다. 우리는 어딜 가든 눈에 띄었다. 백인 부부와 동양인 아이들. 한눈에 가족사를 알 수 있는 조합이다. 미국에서도 마찬가지였다. 하지만 미국 사람들은 한국 사람들처럼 노골적인• 시선으로 쳐다보지는 않았다. 지하철에서, 식당에서, 택시에서, 가게에서 한국인들은

• **노골적** 숨김없이 모두를 있는 그대로 드러내는 것.

우리를 호기심 어린 눈길로 보았다. 그 시선 속에 동정이 담겨 있었다. 할머니도 그래서 내게 음료수를 주었을 것이다. 나는 벌떡 일어나 도망치듯 밖으로 나갔다.

가슴속에서 마그마가 끓었다. 손에 쥔 캔이 용암 덩어리 같았다. 캔을 쓰레기통에 처박은 나는 출구를 향해 빠른 걸음으로 걷기 시작했다. 뒤쫓아 나온 엄마, 아빠가 날 불렀다. 뛰어서 박물관 정문을 빠져나온 나는 골목으로 숨어들었다. 전화벨이 계속 울렸다.

나는 전화기 전원을 꺼 버린 채 무작정 걸었다. 방향을 알 리 없었다. 목적지 또한 없었다. 그저 큰길이 아니라 이면 도로•를 걸었다. 우리 마을에선 결코 볼 수 없는 좁고 구부러진 길들이 혈관처럼 이어져 있었다. 현무암 돌멩이로 쌓은 담 너머로 주황색 열매를 단 나무들이 있었다. 혼자 다니니 아무도 날 힐끗거리지 않았다. 거리를 다니는 이 나라 10대와 다르지 않게 생겼으니까. 하지만 나는 나와 비슷하게 생긴 사람들에게 아무런 동질감이 느껴지지 않았다.

점심을 굶은 게 맵고 짜서만은 아니었다.

"근데 제이가 제주에서 태어났다는 거 왜 미리 이야기 안 해 줬어?"

• 이면 도로 왕복 차로의 구분이 없는 도로.

레오가 묻는 순간 나는 입맛이 싹 달아나 버렸다.

"제이도 그렇고 너도 그렇고 아무 선입견• 없이 자신의 출생지와 만나기를 바랐기 때문이야. 우리가 너희들을 처음 만났을 때처럼 말이야. 그렇지, 여보?"

엄마 말에 아빠가 나를 보며 고개를 끄덕였다. 나는 포크로 건져 놓은 새우를 쿡쿡 찔렀다. 아무 선입견 없이 출생지와 만나기를 바란다고? 엄마, 아빠는 나에 대해 다 아는 것처럼 굴지만 실은 아무것도 알지 못했다. 나는 이곳에 대해 이미 바뀌지 않을 만큼 강한 선입견을 가지고 있다. 여기서 태어났다는 건 여기서 버려졌다는 의미였다. 그동안 나는 의식적으로, 무의식적으로 한국과 관련된 것이라면 무엇이든 외면해 왔다.

아무리 애써도 어쩔 수 없이 알게 되는 것들이 있다. 뉴스 속 한국은 금방이라도 전쟁이 일어날 것 같은 나라였다. 굶주리는 사람도 있다고 했다. 남한 이야긴지, 북한 이야긴지 구분도 가지 않았다. 분명한 건 내가 태어난 한국은 자식을 먼 곳으로 떼어 보낼 수밖에 없을 만큼 가난하고 위험한 나라라는 사실이다. 그 사실은, 내가 버려질 만큼 가치도 의미도 없는 인간이라는 생각이 허리케인처럼 덮쳐 와 날 휩쓸어 가려고 할 때 버틸 수 있는 유일한 힘이었다. 그런데 직접 와서 보니 한국은 너무 멀쩡하고 번듯했다. 높은 건물, 도로 위의 많은 차들, 깨끗한 전철, 잘 차려입고 멋지게 치장한• 거리의 사람들. 그들은 하나같이 최신 휴대 전화를 들고 있었

• **선입견** 어떤 대상에 대하여 이미 마음속에 가지고 있는 고정적인 관념이나 관점.
• **치장하다** 잘 매만져 곱게 꾸미다.

다. 어디에도 아이를 입양 보낼 만큼 힘든 사정은 없어 보였다.

내게는 엄마, 아빠도 한국 사람들과 달라 보이지 않았다. 그들은 지금 입양한 자식을 태어난 나라에 데려와 준 멋진 양부모 노릇에 흠뻑 취해 있다. 입양한 덕에 세금 감면• 혜택도 받으면서 말이다. 그 생각이 끝나기도 전에 죄책감이 몰려왔다. 부모님에 대한 고마움을 모르고 불평만 하는 내가 나쁜 아이인 것 같았다. 마녀가 사는 숲속에 버림받아 마땅한.

나는 태어난 지 6개월 만에 엔지니어인 로버트 켈리와 대학교 교직원인 캐서린 켈리 부부에게 입양됐다. 박물관에서 본 아기처럼 작은 아이가 바구니에 담긴 채 지구 반 바퀴를 날아간 것이다. 제주에서 서울로, 서울에서 미국으로, 이번에 왔던 긴 여정을 거슬러서 말이다. 한국에서 살았던 6개월은 내 인생에 아무런 의미가 없다. 나는 미국인 부모를 가진 미국인이다.

그런데도 사람들은 끊임없이 내게 어디서 왔느냐고 물었다. 중학교에 올라와서는 일본이나 베트남 같은 데서 온 애가 있으면 무조건 나와 같은 조를 시켰다. 지난 학기엔 한국에서 온 애도 있었다. 그 애는 오자마자 이상한 영어 발음 때문에 아이들 놀림감이 됐다. 그런데 그 애가 자꾸 한국말로 내게 말을 걸어왔다. 나는 쌀쌀맞게 대했고 다른 아이들과 함께 놀리기도 했다. 그 애는 선생님한테 자기를 괴롭히는 친구로 나를 지목했다.

교장 선생님은 내게 한국에 대해 더 많이 알 수 있는 기회를 놓치

• **감면** 매겨야 할 부담 따위를 덜어 주거나 면제함.

지 말라고 충고했다. 그 말이 "너도 같은 한국인이잖아." 하는 걸로 들렸다. 나는 내가 미국인인지 한국인인지, 날 버린 그 나라를 내 모국으로 받아들여야 하는지 혼란스러웠다. 또한 나는 왜 버려졌는지, 친부모들은 어떤 사람들인지, 그들을 어떻게 생각해야 할지 알 수 없었다. 그런 생각들을 하면 가슴속에 마그마가 끓었고, 수시로 용암이 분출했다. 가족이 밉고, 학교 친구들이 싫고, 자주 화가 났고, 화를 참기 힘들었다. 엄마는 지난 학기에 두 번이나 교장 선생님에게 불려 가야 했다.

그래서 이 여행을 계획한 걸까? 이곳에 오면 내가 혹시 무언가 굉장한 깨달음을 얻고, 부모의 은혜를 알고, 고마워할 줄 아는 아이로 변할 거라고 기대하면서? 한국에 온다고 했을 때 어째서 헨젤과 그레텔이 생각났는지 알았다. 어린 시절 엄마, 아빠가 밤마다 읽어 주던 책 중 가장 무서운 이야기였다. 부모님은 어쩌면 속 썩이고 고마워할 줄 모르는 나를 이곳에 버리기 위해 데려온 걸지 몰랐다. 하지만 난 이미 잡초를 솎아 내듯 버려졌던 아이이다. 한 번 더 버려져도 상관없다. 헨젤과 그레텔처럼 집으로 돌아가기 위해 빵 조각이나 돌멩이를 뿌려 두는 일 따위 하지 않을 것이다.

나는 무작정 걸었다. 집들이 다닥다닥 붙어 있고 곳곳에 식료품점, 미용실, 식당, 정육점 등이 있었다. 놀이터가 있고, 병원이 있고, 유치원이 있고, 사람들이 있었다. 하지만 나를 기다려 주는 곳, 내가 발을 멈출 곳은 없었다.

정처 없이 걷다 보니 바다로 향하는 길이 나왔다. 난생처음 보는 바닷가에 혼자, 이런 기분으로 가게 될 줄 몰랐다. 바다 가까이 갈

수록 바람이 거세졌다. 구름이 끼어 벌써 저녁 같았다. 나는 해안 도로를 따라 걸었다. 차는 종종 지나갔지만 걷는 사람은 보이지 않았다. 바다로 흘러들던 용암이 굳으며 만들어진 검고 뒤틀린 바위에 파도가 끊임없이 달려와 부딪쳤다. 얼마쯤 가자 카페, 식당, 호텔 등이 늘어선 곳이 나왔다. 해변이 아름다운 곳임을 한눈에 알 수 있었다. 관광객들이 모래밭에서 사진을 찍고 있었다. 그들의 떠드는 소리와 웃음소리가 바람에 실려 다녔다. 내 기분과는 수천 마일쯤 동떨어진 풍경을 빠른 걸음으로 지나쳤다.

나는 걷고 또 걸었다. 배가 고프고 발바닥도 아팠다. 아무 데라도 들어가서 음식을 먹으며 쉬고 싶었다. 하지만 주머니가 텅 비어 있었다. 엄마가 한국 돈을 줄 때 받을걸 그랬다는 후회가 밀려왔다. 한편으론 굶주림으로 쓰러진 채 가족에게 발견되고 싶기도 했다. 몇 시나 됐는지 알고 싶지만 전화기 켜는 게 겁났다. 전원을 켜자마자 엄마 번호를 누를 것 같았다.

한참을 가자 한 가족이 놀고 있는 게 보였다. 우리 집처럼 부부와 남자애 둘로 이루어진 가족이었다. 초등학생으로 보이는 아이들과 엄마는 물새들에게 먹이를 던져 주고 카메라를 든 아빠는 그 모습을 열심히 찍고 있었다. 그들을 지나치는데 아빠인 남자가 내게 무슨 말인가 했다. 내가 한국말을 못한다고 하자 남자는 영어로 말했다.

"캔 유 테이크 픽처 위?"

문장도 틀리고 발음도 어색했지만 알아들을 수 있었다.

나는 남자로부터 카메라를 받아 들었다. 뷰파인더•에 바다를 배

• **뷰파인더** 사진기에서 촬영 상태를 보기 위하여 눈으로 들여다보는 부분.

경으로 한 네 식구가 잡혔다. 두 아이가 경쟁하듯 우스꽝스러운 자세와 표정을 지었다. 나와 레오의 어릴 때 모습 같았다. 몇 장 찍은 다음 카메라를 돌려주는데 남자가 내게 어디서 왔느냐고 물었다. 미국에서 왔다고 하자 남자가 눈을 크게 뜨며 "얼론?" 하고 물었다.

사실대로 말할 의무도 없고, 말해 봤자 제대로 알아들을 것 같지도 않아 그렇다고 했다. 남자가 엄지를 내세우며 "어메이징!"을 외쳤다. 그러곤 자기 아내와 아이들에게 무슨 말인가 했다. 그들은 미국에서부터 혼자 온 나를 감탄하는 눈길로 바라보았다. 그들의 오해가 멋쩍긴• 해도 동정받는 것보다 나았다.

남자가 또 내게 말했다. 대충 혼자 여행하는 내가 너무 용감하고 멋지다, 기념이 되게 자기 아들들하고 같이 사진 좀 찍어 달라는 내용이었다. 나는 하는 수 없이 아이들 곁에 섰다. 한국에 온 뒤 카메라 앞에 제대로 서는 건 처음이었다. 뻣뻣하게 서 있자 여자가 앞에서 브이와 하트를 만들어 보이며 내게도 하라고 했다. 가만히 있으니까 쫓아와서 내 손을 잡고 모양을 만들어 주었다. 너무 싫었지만 엄마에게 하던 것처럼 뿌리칠 수 없었다. 어쩔 수 없이 시키는 대로 하자 이번엔 스마일을 외쳐 댔다. 남들 틈에 끼어 억지로 입꼬리를 올리고 있으니 사진 찍을 때마다 빠지거나 짜증을 내 엄마를 속상하게 했던 게 떠올랐다. 내가 없어진 지금 엄마는 어떤 기분일까? 쾌감을 동반한 아픔이 가슴을 스치고 지나갔다.

헤어질 때 여자가 내게 탄제린•같이 생긴 과일 세 개와 한국 초코

• **멋쩍다** 어색하고 쑥스럽다.
• **탄제린** 운향과에 속하는 오렌지의 변종. 열매는 작고 타원형이며 짙은 빨간색이다.

바 한 개를 건네주었다. 동정이 아니니 받아도 되겠지. 생각도 끝나기 전에 내 손은 이미 과일과 초코바를 받고 있었다. 여자가 과일을 가리키며 "귤, 귤." 하고 말했다. "귤." 하고 따라 했지만 발음이 어려웠다. 아이들이 내 말에 킥킥 웃었다.

인사를 나누고 돌아서서 발을 떼는데 뒤에서 "메리 크리스마스." 하고 외치는 소리가 들려왔다. 뒤돌아보자 아이들이 쑥스러운 듯 자기 엄마 뒤에 숨었다. 나도 "메리 크리스마스." 하고 대답해 주었다. 레오가 생각났다.

레오는 두 살 때 우리 집에 왔다. 내가 네 살 때였다. 집에 온 레오가 계속 울던 모습이 지금도 뚜렷이 기억난다. 엄마, 아빠가 번갈아 가며 레오를 안고 쩔쩔매던 것도. 레오가 나를 보면 울음을 그쳤다거나, 내가 레오를 예뻐했다는 이야기는 아무래도 꾸며 낸 것 같다. 갑자기 나타나 엄마를 차지해 버린 작은 괴물을 싫어했던 기억이 생생한데…….

무슨 좋은 일이라고 레오는 그때 이야기 듣는 걸 아주 좋아했다. "나중에 내 친부모를 찾아도 내 첫 번째 부모는 엄마, 아빠야." 같은 낯간지러운 말도 천연덕스레• 했다. 그뿐만 아니라 "제이는? 제이는 어땠어?" 하고 내 일까지 물었다. 나는 어쩔 수 없이 궁금하지 않은 것들을 알게 됐다.

엄마, 아빠는 내가 올 때 네 시간이나 걸려 시카고 공항으로 마중 나갔다고 했다. 내가 집에서 가까운 공항으로 오려면 또 다른 비행기로 갈아타야 했다. 부모님은 아기를 더 고생시키기 싫었고, 또 한

• **천연덕스레** 생긴 그대로 조금도 거짓이나 꾸밈이 없고 자연스러운 느낌이 있게.

시라도 빨리 나를 보기 위해 휴가까지 냈던 것이다. 엄마는 나와 함께 온 서류나 그때 입었던 옷, 공항에서 찍은 사진들을 모두 간직하고 있다. 언제든지 보여 준다고 했지만 난 한 번도 원하지 않았다.

레오가 크면서 우리는 친구가 됐다. 싸울 때도 있었지만 함께 놀아야 재미있다는 걸 알게 되었다. 우리 가족은 내가 여섯 살 때 지금의 집으로 이사했다. 마당이 넓어 뛰어놀기 좋았다. 지하실과 뒷마당엔 지금도 우리가 놀았던 흔적들이 가득하다.

내가 레오를 멀리하게 된 건 그 애가 나와 같은 초등학교에 입학하면서부터다. 동네에서도 학교에서도 동양인은 우리 둘뿐이었다. 학교 아이들은 레오와 나를 같은 아이 취급했다. 레오가 실수나 잘못을 하면 내가 한 것처럼 날 놀리거나 흉보았다. 레오가 점점 나의 얼룩 같아 창피했다.

한국인 가족으로부터 멀어진 나는 허겁지겁 귤껍질을 벗겼다. 향긋한 냄새에 침샘이 아팠다. 귤은 탄제린보다 속껍질이 얇고 부드럽고 달콤했다. 나는 세 개를 단숨에 먹어 치웠다. 작고 맛있는 귤은 한 번에 서른 개쯤 먹어도 성에 차지 않을 것 같았다. 초코바는 아껴 두고 싶었지만 음식이 들어가자 더 허기가 느껴져 참을 수 없었다.

나는 초코바를 조금씩 먹으며 다시 걷기 시작했다. 구름 사이로 서쪽 하늘에 붉은 기운이 감돌고 있었다. 머잖아 어두워지고 캄캄해질 것이다. 인적 없는 길을 한동안 걷다 모퉁이를 돌자 왼쪽으로 잡초가 우거진 공간이 펼쳐졌다. 밭과 돌로 쌓은 무덤들도 보였다.

하얀 깃털처럼 생긴 풀들이 바람에 나부꼈다. 붉게 물든 풍경이 으스스했다. 나는 왔던 길을 돌아다보았다. 돌아가기엔 너무 먼 길을 걸어왔다. 앞으로 가는 일 말고 할 수 있는 게 없었다.

바람은 더 거세졌고 기온도 떨어졌다. 이곳 날씨를 '껌'이라고 한 건 자만심이었다. 바람은 작은 틈새도 놓치지 않고 파고들어 몸은 물론 마음까지 얼어붙게 했다. 음악이라도 듣고 싶었지만 휴대 전화를 켜기 두려웠다. 막막하고 무서운 심정을 간신히 달래며 걷던 나는 우뚝 멈춰 섰다. 멀리 낯익은 풍경이 보였기 때문이다. 레오가 말하던 거인 할머니의 솥이라는 오름 같았다. 분화구는 보이지 않았지만 옆모습이 사진에서 본 것과 비슷했다. 반가움이 솟구쳤다. 그저 앞으로 나아가기만 하던 발걸음에 목적지가 생겼다. 나는 그곳을 향해 걷기 시작했다.

긴 시간 걸은 끝에 드디어 거인 할머니의 솥 입구에 다다랐다. 가슴이 두근거렸다. 그곳에 가면 맛있는 음식과 편히 쉴 자리가 기다리고 있을 것 같았다. 그런데 입장료가 있어야 들어갈 수 있었다. 청소년은 한국 돈 천 원이었다. 당연히 내겐 돈이 없었다. 여기까지 왔는데 들어갈 수 없다고 생각하자 주저앉고 싶을 만큼 허탈해졌다. 나는 아쉬운 마음으로 외투 주머니를 뒤졌다. 디트로이트 공항에서 음료수 사 먹고 거슬러 받은 2달러가 나왔다. 1달러가 천 원보다 조금 많다고 했던 게 기억났다.

나는 내 생애 가장 큰 용기를 내 매표소로 갔다. 그리고 1달러를 내밀며 떨리는 목소리로 오름에 올라가고 싶은데 한국 돈이 없다고 했다. 직원이 알아들을 수 있게 천천히 또박또박 말했다. 직원은 사무적인 얼굴로 달러는 받지 않는다고 했다. 얼굴이 화끈거려 얼른 옆으로 물러나는데 눈물이 날 것 같았다.

이제 어떻게 해야 할지 막막했다. 그냥 그 자리에서 사라지고 싶었다. 그때 누가 내 팔을 잡았다. 돌아다보니 엄마 또래쯤 돼 보이는 부인이 내게 입장권을 내밀었다. 내 상황을 본 모양이었다. 나는 너무 기뻐 사양할 겨를도 없이 표를 받았다. 고맙다고 하며 1달러를 건넸지만 부인은 끝까지 받지 않았다. 그뿐만 아니라 가방에서 먹을 것을 꺼내 내 손에 쥐여 주며 한국말로 뭐라고 했다. 무슨 말인지 몰라도 부인의 마음이 손을 통해 전해 오는 것 같았다.

부인이 준 건 미국 과자와 비슷하게 생긴 초콜릿 파이와 딸기 맛 우유였다. 미국 것보다 작았지만 더 부드럽고 촉촉한 초콜릿 파이는 입안에서 살살 녹아 없어졌다. 우유까지 마시니 더 바랄 게 없었다.

표도 얻고 허기도 달래자 새로운 힘이 솟았다. 나는 거인 할머니의 솥을 향해 발걸음을 옮겼다. 그런데 올라가는 사람은 보이지 않고 내려오는 사람들만 있었다. 새 힘이 솟았던 조금 전과 달리 어두운 꼭대기에 나 혼자 서 있는 광경이 떠올라 무서워졌다. 혼자 있다 바람에 떠밀려 바다에 떨어져 죽어도 아무도 모를 것 같았다. 하지만 여기서 되돌아갈 수는 없었다. 돌아갈 곳도 없었다. 나는 후들거리는 다리를 이끌고 사람들과 엇갈려 한 계단, 한 계단 올라갔다. 위로 올라갈수록 두려운 상상을 사실로 만들어 주려는 것처럼 바람이 거세졌다. 나는 돌아서고 싶은 마음과 싸우며 간신히 꼭대기에 다다랐다.

드디어 바다와 함께 넓고 둥글게 파인 분화구가 보였다. 걸어오는 내내 물리게 본 바다였다. 거인 할머니의 솥도 그저 넓은 구덩이처럼 밋밋해 보일 뿐이었다. 따뜻한 음식과 편히 쉴 자리는커녕 어둠과 거친 바람만이 가득한 곳이었다. 나는 실망감에 무너지듯 나무 계단에 털썩 주저앉았다. 해녀 박물관을 나온 뒤 처음 앉는 거였다. 다행인 건 아직 사람들이 남아 있다는 사실뿐이었다. 그 사람들마저 없어지기 전에 얼른 내려가야 했다.

하지만 오랜 시간 걸어온 두 다리는 다시는 땅을 딛고 서지 못 할 것 같았다. 나는 간신히 끌어 올려 세운 무릎 위에 얼굴을 묻고 눈을 감았다. 세상천지에 혼자인 듯싶었고 찰나•인지 영원인지 모를 시간이 흘렀다. 나는 사람들이 웅성거리는 소리가 들려서야 고개를 들었다. 그 순간 내 입에서 짧은 탄성이 새어 나왔다.

구름을 헤치고 나온 햇살이 온 세상을 붉게 물들이고 있었다. 길게 늘어난 내 그림자가 거인 할머니의 솥 바닥에 드리워져 있었다. 저녁 햇살은 할머니의 손길인 것 같았다. 할머니가 어루만지자 칙칙한 어둠과 거친 바람만 가득했던 풍경이 따뜻하고 환하게 빛났다. 그 손길에 그림자뿐 아니라 나도 거인이 된 것 같았다. 꿈속에서처럼 할머니의 아들이 된 것 같았다.

할머니가 한라산과 오름들을 만들던 치마폭에 날 감싸안고 날아올랐다. 저 아래 내가 보였다. 제주라는 작은 섬에 홀로 앉아 있는 제이든 켈리. 나는 섬이었다. 외롭고, 슬프고, 아픈 섬이었다. 엄마, 아빠, 레오, 친척들, 애나와 친구들, 그리고 나를 낳은 부모와 이곳

• **찰나** 어떤 일이나 사물 현상이 일어나는 바로 그때. 또는 매우 짧은 시간.

사람들 또한 한 명 한 명 외떨어진 섬이었다. 더 높은 곳에 오르자 아시아와 유럽과 오세아니아, 아프리카와 아메리카 대륙이 보였다. 대륙들 또한 각기 떨어진 하나의 섬이었다.

"섬이 만들어지기까지는 신의 섭리•가 작용하겠지만 섬과 섬을 잇는 일은 인간이 해야 할 일이지."

거인 할머니의 음성이 파도 소리에, 바람 소리에, 저무는 햇살에 실려 내 안에 스며들었다. 할머니의 음성은 애써 귀를 닫고, 마음을 닫고 받아들이지 않았던 다른 섬들의 목소리를 불러왔다.

"널 품에 안았을 때 엄만 세상을 다 가진 것 같았어. 그 느낌이 아직도 생생해. 널 세상에 있게 해 준 네 친부모님이 얼마나 고마운지 몰라."

"사랑이 하나의 모습, 하나의 가치로만 존재하는 건 아니란다. 네 친부모님도 분명 널 사랑했을 거야. 떠나보낸 것도 사랑의 한 방식이었겠지."

"제이, 세상에서 가장 소중한 사람은 너 자신이야. 스스로를 소중하게 여기지 않는 사람은 남의 사랑도 받아들일 수 없단다."

그 섬들은 오래전부터 진심을 다해 내게 손을, 마음을 건네고 있었다. 내가 뛰쳐나올 수 있었던 것은 어쩌면 그 사실을 알고 있기 때문인지 모른다. 가까운 사람들만이 아니었다. 이곳에 다다르기까지 고작 몇 시간 동안에도 사람들은 다시 볼 일 없는 내게 마음을 건네주었다. 음료수를 쥐여 주던 할머니의 꺼칠하면서도 따뜻했던 손의 감촉이 아직 생생했다. 해안 도로에서 만났던 가족의 관심과

• **섭리** 자연계를 지배하고 있는 원리와 법칙.

호의도 귤과 초코바 못지않게 앞으로 나아갈 힘을 주었다. 오름 입구에서 되돌아설 뻔했던 순간에 얻은 입장권과 간식이 아니었다면 어떻게 됐을까. 나는 그동안 무수히 많은 섬들이 내민 손 덕분에 여기까지 온 것이다.

바람이 몰아쳤다. 거인 할머니가 나를 나무 계단 위에 내려놓았다. 할머니의 솥이 요람이 돼 내 그림자를 품어 주었다.

"어느 날 거인 할머니가 음식을 만들다 솥에 빠져 죽었대. 아들들은 아무것도 모르고 맛있게 음식을 먹은 거지. 나중에 자기 엄마 뼈를 보고 충격받은 아들들은 너무 슬픈 나머지 모두 바위가 됐대."

레오 목소리가 들려왔다. 레오가 보고 싶었다.

"난 형 없는 애들이 제일 불쌍해. 나한테 피를 나눈 다른 형제가 있어도 내 첫 번째 형은 제이든이야."

왈칵 울음이 솟구쳤다.

"제이." 하고 내 이름을 부르는 아빠의 무뚝뚝한 목소리가 듣고 싶었다. 엄마가 보고 싶어 미칠 것 같았다. 거인 할머니의 솥이 아니라 엄마 품에 안기고 싶었다.

나는 주머니 속에서 휴대 전화를 꺼냈다. 떨리는 손으로 전원을 켜자마자 엄마가 부르는 것처럼 벨이 울렸다.

이금이 (1962~)

소설가 이금이 작가는 1962년 충북 청원군에서 태어났습니다. 작가는 1980년대 단편 동화 「영구랑 흑구랑」으로 새벗문학상에 당선하면서 작품 활동을 시작했습니다. 아동과 청소년이 성장하며 겪는 다양한 문제를 따뜻하고 긍정적인 시선으로 그린 작품을 많이 썼습니다. 주요 작품으로는 소설 『너도 하늘말나리야』, 『유진과 유진』, 『거기, 내가 가면 안 돼요?』 등이 있습니다.

활동하기

1 사건의 흐름 이해하기

아래 빈칸을 채우며 구성 단계에 따라 소설의 줄거리를 파악해 봅시다.

단계	내용
발단	'나'는 부모님의 특별 선물로 원치 않는 (①)을/를 가게 됨.
전개	'나'는 가족 여행에서 자신이 (②)에서 태어났음을 알게 됨.
위기	'나'는 레오의 '(③)'(이)라는 부름으로 사람들의 시선이 쏠리자 해녀 박물관에서 뛰쳐나와 (④)의 혼란 속에 방황함.
절정	'나'는 (⑤)'(이)라는 오름 정상에 오르고, 주변 사람들의 (⑥)과/와 (⑦) 속에서 컸다는 사실을 깨달음.
결말	'나'는 가족이 그리워지고 가족의 (⑧)을/를 느낌.

2 인물의 특성 파악하기

주요 등장인물인 '나'와 레오의 특성을 파악해 봅시다.

인물	특성
'나' (제이든)	• 생후 (①)에 한국에서 (②)(으)로 입양됨. • 한국에서 버려졌다는 생각에 한국에 강한 (③)을/를 가짐. • 레오와 친구처럼 지내다가 초등학교 입학 후 (④).
레오	• 두 살때 (⑤)에서 입양되어 가족과 살게 됨. • 밝고 긍정적이며 순수하고 천진난만함. • 가족들과 잘 어울리며, 가족들과의 여행을 즐김.

3 인물의 심리 변화 파악하기

시간의 흐름에 따른 '나'의 변화에 대해 알아봅시다.

시기	변화
제주 여행 초반	• 한국 여행이 못마땅해서 (①)에게 짜증을 냄. • 자신이 태어난 곳이 제주도라는 것을 처음 알고 (②). • 자신을 동정하는 듯한 시선에 거부감과 (③)을/를 느낌.
제주 여행 후반	• 타인의 (④)을/를 받아들이고, 교류하기 시작함. • 한국 아이에게 "메리 크리스마스."라고 대답하며 마음을 나눔. • 설문대할망 설화를 통해 점차 자신의 정체성을 (⑤).

4 **소설의 주제 파악하기**

다음 본문 ㉮, ㉯, ㉰에서 드러나는 '나'의 생각을 각각 파악해 봅시다. 이를 바탕으로 이 소설의 주제를 말해 봅시다.

'나'의 생각

㉮ 셋은 한 가족 같다. 그럴 때마다 나는 내가 정원에 돋아난 잡초처럼, 뽑아 버려야 하는 존재가 된 느낌이다.

①

㉯ 나는 섬이었다. 외롭고, 슬프고, 아픈 섬이었다. (중략) "섬이 만들어지기까지는 신의 섭리가 작용하겠지만 섬과 섬을 잇는 일은 인간이 해야 할 일이지."

②

㉰ 레오가 보고 싶었다.

"난, 형 없는 애들이 제일 불쌍해. 나한테 피를 나눈 다른 형제가 있어도 내 첫 번째 형은 제이든이야."

왈칵 울음이 솟구쳤다.

"제이."하고 내 이름을 부르는 아빠의 무뚝뚝한 목소리가 듣고 싶었다. 엄마가 보고 싶어 미칠 것 같았다

③

· 소설의 주제: ④

5 **생각의 폭 넓히기**

정체성에는 여러 종류가 있습니다. 제이든처럼 정체성의 혼란을 겪고 있는 친구가 있다면 어떤 조언을 해 주고 싶은가요? 가정하여 써 봅시다.

작품 해설

제주 섬에서 찾은 '나'의 정체성

나는 누구인가? 어디에서 왔을까? 여러분은 이런 고민을 해 본 적이 있나요? 대개는 청소년기에 이런 철학적 질문을 스스로에게 던지고, 해답도 없는 고민을 하게 되지요. 가족이나 친구 등 주위의 사람들과 내가 다르다고 느낄 때 이런 고민은 더 깊어지기도 합니다. 이 소설은 이처럼 자신이 누구인지 혼란을 겪는 주인공의 이야기입니다.

주인공 제이든은 생후 6개월에 미국으로 입양되었습니다. 살고 있는 곳이 자신이 태어난 나라가 아니고, 부모님은 자신을 낳아 주신 분이 아니며, 주위의 친구들과 사뭇 다른 외양을 가졌지요. 이 모든 것을 당연하고 자연스럽게 받아들이는 것이 쉬운 일은 아니었을 겁니다. 그래서 중학교에 올라와서는 한국에서 태어났다는 이유로 자신을 한국인과 엮으려고 하는 사람들에게 거부감을 느꼈습니다. 한국이란 나라는 자신을 버린 곳이라고 여겨 매우 부정적으로 생각하고 있었거든요. 이 소설은 1인칭 주인공 시점으로 서술되고 있어 이러한 주인공의 심리가 매우 잘 드러나 있습니다.

제이든의 부모는 선한 사람들이어서 제이든이 태어난 곳에 데려가 감동을 선사하고 싶었지요. 그러나 제이든은 감동은커녕 그동안 겪고 있던 정체성의 혼란이 더욱 커집니다. 자신과 같은 외양을 가진 사람들이 사는 나라에 왔는데 자신은 막상 그 사람들의 말을 알아듣지 못하니까요. 정체성을 탐색하는 여정에서 혼란과 갈등이 최고조에 이르렀을 때 마주한 곳은 '거인 할머니의 솥'입니다. 제이든은 자신이 태어난 그곳에서 마침내 오랜 내면의 고통을 끝내고 안정과 평화를 되찾습니다.

가족의 사랑을 새삼스레 깨달으며 소속감을 얻게 될 것이라는 희망을 보여 줍니다. '거인 할머니의 솥'은 주인공에게 단순한 장소가 아니라 존재의 근원과 화합, 그리고 궁극적인 평화를 찾을 수 있는 상징적 공간이 되는 것입니다

+ 감상 더하기

• 성장 소설

이 소설은 주인공 제이든이 제주 여행을 통해 성장하는 내용을 담은 성장 소설입니다. 성장 소설은 주인공이 유년기에서 청소년기를 거쳐 성인으로 성장하는 과정을 중심으로 전개되는 소설의 장르를 말합니다. 이러한 작품들은 주인공이 다양한 갈등과 시련을 겪으며 내면적으로 성숙해지고 자아를 형성해 가는 과정을 그려 냅니다. 주인공은 여행을 오기 전에도 고민이 있었고 한국으로 여행을 오서도 내적 갈등과 분노를 겪다가 변화하게 되지요. 성장 소설은 주인공의 심리적, 정서적, 지적 성장뿐만 아니라 사회와의 관계 속에서 자신의 정체성을 확립해 나가는 모습을 중점적으로 다룹니다. 이 소설의 주인공도 결말 부분에서는 내적 갈등 끝에 가족의 사랑을 확인하고 정체성을 찾아가는 것으로 끝이 나지요.

• 해외 입양아의 정체성

우리나라는 해외 입양이 매우 많은 나라로 알려져 있습니다. 6.25 전쟁 이후 전쟁고아로 인해 시작되었으나, 그 시기가 지나서도 여전히 해외 입양이 줄어들지 않았습니다. 이 소설은 이러한 상황을 바탕으로 하고 있습니다. 해외 입양아는 우선 자신과 다른 외모를 가진 사람들로 둘러싸인 환경에서 자라나며 학령기에 이르러서는 이러한 차이를 더욱 심각하게 느끼게 됩니다. 친구나 이웃이나 지역 사회로부터 차별이나 상처를 받기 쉬운 상황에 놓이게 되지요. 양부모가 사랑으로 아이를 키우는 것과는 별개로 아이는 정체성의 혼란을 겪을 것입니다. 작가는 해외 입양아인 청소년을 주인공으로 등장시킴으로써 그런 상황을 겪어 보지 못한 사람에게 주인공과 비슷한 고민과 갈등을 경험해 보라고 말하는 것 같습니다. 또한, 해외 입양으로 생겨나는 문제들을 우리 사회

가 함께 고민하고 해결하기를 바라는 의도도 있을 것입니다. 소설의 주인공은 자신이 태어난 곳을 여행하면서 스스로 자기 정체성을 찾아가고 가족의 사랑을 깨닫게 되지만, 모두 경우가 다를 테니까요.

• 설문대할망 설화

한국과 제주에 관심이 없었던 주인공 제이든에게, 동생 레오는 자신이 제주에 관해 탐구한 내용들을 들려줍니다. 그중 제주도에 오래전부터 전해 내려오는 '설문대할망 이야기'는 제이든의 관심을 끌지요. 옛날 옛적 키가 크고 힘이 센 설문대할망이 있었는데, 설문대할망이 앞치마에 흙을 가득 담아 제주도를 만들고, 앞치마에 난 구멍 사이로 떨어진 흙덩이들이 제주도의 오름이 되었다는 이야기입니다. 설문대할망이 한라산을 만들고 보니 봉우리가 너무 뾰족하여 윗부분을 깎아 던졌는데, 그 던진 부분이 제주도 남쪽의 산방산이 되었고 봉우리가 깎여서 생긴 움푹 파인 부분이 백록담이 되었다는 이야기도 있습니다. 주인공 제이든이 거인 할머니의 솥에 관심을 가지고 그곳에 가는 계기로 작용한 것이 바로 이 설문대할망 이야기입니다. 거인 할머니의 솥에 다다른 제이든은 비로소 자신이 태어난 곳을 받아들이고 한국과 미국 사이에서 흔들렸던 자신의 정체성을 찾아가게 되지요.

엮어 읽기

『나는 할머니와 산다』 • 최민경

돌아가신 할머니 귀신이 갑자기 주인공 은재의 머릿속으로 들어온다는 설정으로 흥미를 돋우는 소설입니다. 키만 껑충하고 특징 없는 외모를 가진 열여섯 살 은재는 마음 깊은 곳에 아픔을 안고 사는 입양아입니다. 그런데, 할머니는 대체 왜 은재 속으로 들어왔을까요? 머릿속에 들어온 할머니와 은재가 어떤 이야기를 펼쳐 나갈지 상상하며 읽어 봅시다.

양반전

국어 교과서가 선택한 소설 읽기

04

'양반', '평민' 이런 말을 들으면 어떤 느낌이 드나요? "저분은 사람이 참 양반이야." 하는 말과 상대방에게, "아니, 이 양반이!" 하는 말에서 '양반'에 담긴 느낌이 어떻게 다른가요? 여러분이 생각하는 '양반'의 이미지는 무엇인가요?

박지원의 「양반전」에는 돈이 없어 양반의 신분을 팔아 돈을 마련하려는 양반의 이야기가 나옵니다. 그리고 돈은 많지만 양반이 아니라서 늘 차별받는 부자의 이야기가 나옵니다. 가난한 양반과 신분이 낮은 부자가 만나면 어떤 일이 벌어질까요? 소설 속 양반이 자신의 양반 신분을 무사히 사고팔 수 있을지 관심을 가지며 「양반전」을 읽어 봅시다.

박지원

양반전

양반이란 선비를 높여 부르는 말인데, 강원도 정선 고을에 한 양반이 살았다. 어질고 글 읽기를 좋아했으므로 군수가 새로 부임하면 반드시 몸소 그의 집에 가서 인사를 했다. 그러나 집이 가난해서 해마다 관청의 환곡을 빌려 먹다 보니 그것이 쌓여서 그 빚이 일천 섬에 이르렀다. 관찰사가 고을을 돌면서 정사를 살피다가 환곡 장부를 조사해 보고 크게 노했다.

"어떤 놈의 양반이 관청의 곡식을 이렇게 축냈단 말인가?"

군수는 양반을 잡아 가두라고 명령을 내렸지만 그 양반이 가난해 갚을 길이 없음을 속으로 안타깝게 여겨 어쩔 수 없이 가두지는 못했다. 양반이 어쩔 줄을 모르고 밤낮으로 훌쩍훌쩍 울기만 하니 그의 아내가 역정을 냈다.

- **부임하다** 임명이나 발령을 받아 근무할 곳으로 가다.
- **환곡** 조선 시대에, 곡식을 사창(社倉)에 저장하였다가 백성들에게 봄에 꾸어 주고 가을에 이자를 붙여 거두던 일. 또는 그 곡식.
- **섬** 부피의 단위. 곡식, 가루, 액체 따위의 부피를 잴 때 쓴다. 한 섬은 한 말의 열 배로 약 180리터에 해당한다.
- **관찰사** 조선 시대에 둔, 각 도의 으뜸 벼슬로, 그 지방의 경찰권·사법권·징세권 따위의 행정상 절대적인 권한을 가진 종이품 벼슬이다.
- **정사** 정치 또는 행정상의 일.
- **역정** 몹시 언짢거나 못마땅하여서 내는 성.

“당신은 평소에 그렇게도 글을 잘 읽더니만 환곡을 갚는 데에는 아무런 쓸모가 없구려. 쯧쯧, 양반이라니! 한 푼•도 못 되는 그놈의 양반!”

마침 그 마을에 사는 부자가 소문을 듣고 식구들과 의논을 했다.

“양반은 아무리 가난해도 늘 높고 귀하며 우리는 아무리 잘살아도 늘 낮고 천하다. 감히 말도 타지 못할 뿐 아니라 양반을 보면 움츠려 숨도 제대로 못 쉬고 뜰아래 엎드려 절해야 하며, 코를 땅에 박고 무릎으로 기어가야 한다. 우리는 이와 같이 욕보며• 사는 신세이다. 지금 저 양반이 환곡을 갚을 길이 없어 어려움을 이만저만 겪는 것이 아닌 모양이다. 아무래도 양반의 신분을 지키기 어려울 듯하니 우리가 그 양반을 사서 가져 보자.”

부자가 양반의 집 대문 앞에 나아가 환곡을 갚아 주겠다고 청하니 양반이 반가워하며 그렇게 하라고 했다. 부자는 당장에 양반의 환곡을 관청에 바쳤다. 군수가 크게 놀라 웬일인가 하며 그 양반이 어떻게 해서 환곡을 갚았는지 알아보고 싶어 찾아갔다. 그런데 그 양반이 벙거지•를 쓰고, 잠방이•를 입고, 길에 엎드려 '소인•', '소인' 하면서 감히 쳐다보지도 못하는 것이 아닌가! 군수가 깜짝 놀라 내려가 양반을 부축해 일으키며 물었다.

"그대는 어째서 이런 짓을 하시오?"

양반이 더욱더 벌벌 떨며 머리를 조아리고• 땅에 엎드리며 대답했다.

"황송하옵니다.• 소인 놈이 제 몸을 낮추려는 것이 아니라 환곡을 갚느라고 이미 제 양반을 팔았기 때문에 이리하는 것입니다. 이제부터는 우리 마을 부자가 양반입니다. 소인이 어찌 감히 지난날 쓰던 이름을 함부로 쓰면서 스스로 높은 척하오리까?"

군수가 놀라워하며 말했다.

"군자로다, 부자여! 양반이로다, 부자여! 부자로서 인색하지• 않았으니 옳음이요, 남의 어려움을 돌보았으니 어짊이요, 낮은 것을 싫어하고 높은 것을 바랐으니 슬기로움이로다. 이런 사람이야말로

• **푼** 예전에, 엽전을 세던 단위. 한 푼은 돈 한 닢을 이른다.
• **욕보다** 몹시 고생스러운 일을 겪다.
• **벙거지** 조선 시대에, 무관이 쓰던 모자의 하나.
• **잠방이** 가랑이가 무릎까지 내려오도록 짧게 만든 홑바지.
• **소인** 신분이 낮은 사람이 자기보다 신분이 높은 사람을 상대하여 자기를 낮추어 이르던 일인칭 대명사.
• **조아리다** 상대편에게 존경의 뜻을 보이거나 애원하느라고 이마가 바닥에 닿을 정도로 머리를 자꾸 숙이다.
• **황송하다** 분에 넘쳐 고맙고도 송구하다.
• **인색하다** 재물을 아끼는 태도가 몹시 지나치다.

참으로 양반이 아니겠는가! 아무리 그렇기는 하지만 양반을 사사로이 사고팔았을 뿐 아무런 증서•도 만들지 않았으니 이는 소송•의 빌미가 될 것이다. 그러니 고을 백성들을 모아 증인으로 세우고 증서를 만들어 누구나 믿을 수 있도록 해야겠다. 군수인 나도 당연히 손수 서명•할 것이다."

군수는 관아로 돌아와 고을 안의 선비와 농사꾼, 장인바치•와 장사치들을 모조리 불러다 뜰 앞에 모았다. 부자는 높은 자리에 앉히고, 양반은 낮은 자리에 세우고, 다음과 같이 증서를 만들었다.

건륭 10년 (영조 21년, 1745) 9월 어느 날, 아래 문서는 양반에 가격을 매겨 팔아 환곡을 갚기 위한 것으로서 그 값은 일천 섬이다.

양반은 이름이 여러 가지다. 글만 읽는 양반은 선비라 하고, 벼슬하는 양반은 대부라 하고, 덕이 있는 양반은 군자라 한다. 무관이면 서쪽으로 줄을 서고 문관이면 동쪽으로 줄을 서는 까닭에 이것을 양반이라 한다. 그대는 어느 쪽이든 마음대로 좇을 수가 있다.

더러운 일을 끊어 버리고, 옛사람을 우러르며, 뜻을 아름답게 지니고, 새벽이면 일어나 기름등잔을 켜고, 눈은 코끝을 내려다

• **증서** 권리나 의무, 사실 따위를 증명하는 문서.
• **소송** 재판에 의하여 원고와 피고 사이의 권리나 의무 따위의 법률관계를 확정하여 줄 것을 법원에 요구함. 또는 그런 절차.
• **서명** 본인 고유의 필체로 자신의 이름을 제3자가 알아볼 수 있도록 씀. 또는 그런 것.
• **장인바치** 손으로 물건을 만드는 일을 직업으로 하는 사람인 '장인(匠人)'을 낮잡아 이르는 말.

보며, 발꿈치를 괴고• 앉아, 얼음 위에 박 밀듯이 『동래박의』•를 줄줄 외워야 한다. 배고픔을 참고, 추위를 견디고, 가난 타령을 하지 말며, 어금니를 마주치고, 뒤통수를 손가락으로 튕기며, 침을 입안에 머금고 가볍게 양치질하듯 한 뒤 삼키며, 옷소매로 털모자를 닦아 먼지를 털어 털 무늬를 일으키며, 세수할 적엔 주먹을 마구 휘둘러 요란스럽게 하지 말고, 냄새 없게 이를 잘 닦고, 길게 빼는 소리로 종을 부르며, 느린 걸음으로 신발을 끌듯이 걸어야 한다. 『고문진보』•와 『당시품휘』•를 깨알같이 베껴 쓰되 한 줄에 백 자씩 쓴다.

손에 돈을 쥐지 말고, 쌀값도 묻지 말고, 날이 더워도 맨발로 다니지 말고, 맨상투로 밥상 받지 말고, 밥보다 먼저 국을 먹지 말고, 소리 내어 마시지 말고, 젓가락으로 방아를 찧지 말고, 생파를 먹지 말고, 술 마신 뒤 수염을 빨지 말고, 담배 필 때 턱이 비틀어지도록 빨지 말고, 분이 치밀어도 아내를 치지 말고, 성이 나도 그릇을 차지 말고, 아이들에게 주먹질을 하지 말고, 종을 죽어라 나무라지 말고, 말과 소를 꾸짖을 때 그것을 판 주인까지 싸잡아 욕하지 말고, 병이 나도 무당을 부르지 말고, 제사에 중을 부르지 말고, 화롯불에 손을 쬐지 말고, 말할 때 이를 드러내 침을 튀기지 말고, 소를 잡지 말고, 노름을 하지 말라.

• **괴다** 기울어지거나 쓰러지지 않도록 아래를 받쳐 안정시키다.
• **동래박의** 1168년에 중국 남송의 동래(東萊) 여조겸이 『춘추좌씨전』에 대하여 논평하고 주석(註釋)한 책.
• **고문진보** 중국 송나라 말기에 황견(黃堅)이 주(周)나라 때부터 송나라 때까지의 시문(詩文)을 모아 엮은 책.
• **당시품휘** 중국 명나라의 고병(高棅)이 편찬한 당시(唐詩, 당나라의 시)를 모아 엮은 책.

여기 적힌 모든 행실에서 양반에게 어긋난 것이 있으면 증서를 가지고 관청에 와서 바로잡을 것이니라.

고을 주인 정선 군수가 서명하고, 좌수•와 별감•이 증인을 선다.

이에 관청의 심부름꾼이 여기저기 도장을 찍는데 그 소리가 북을 치는 것 같았으며, 모양은 별이 가로세로 늘어선 것과 같았다. 호장•이 증서를 읽고 나자, 부자가 어처구니가 없어 한참 멍하게 있다가 말했다.

"양반이라는 것이 겨우 이것뿐이란 말입니까? 제가 듣기로 양반은 신선 같다던데, 정말 이와 같다면 저는 너무도 엄청나게 속은 셈입니다. 바라건대 제게 좀 더 이익이 될 수 있도록 고쳐 주십시오."

마침내 증서를 이렇게 고쳐 만들었다.

• **좌수** 조선 시대에, 지방의 자치 기구인 향청(鄕廳)의 우두머리.
• **별감** 조선 시대에, 유향소에 속한 직책. 고을의 좌수에 버금가던 자리였다.
• **호장** 조선 시대에, 각 관아의 벼슬아치 밑에서 일을 보던 사람인 '구실아치'의 우두머리.

하느님이 백성을 내니, 그 백성은 넷이다. 네 가지 백성 가운데는 선비가 가장 귀하고, 거기서도 양반이라 불리면 이익이 엄청나다. 농사도 장사도 아니 하고, 글만 대강 공부하여, 크게 되면 문과 급제, 작게 되면 진사로세. 문과 급제 후 받는 홍패라면 두 자 길이 못 넘는데 온갖 물건 갖출 수 있으니 이게 바로 돈주머니다. 서른에야 진사되어 첫 벼슬에 발 디뎌도 이름난 음관이 되어 높은 벼슬도 할 수가 있다. 시중드는 사람들이 양산으로 들어 주니 귀밑이 희어지고, 설렁줄 단 잡아당기면 종들이 달려오니 뱃살이 축 처진다. 방 안에 널린 귀걸이는 기생 몫이 되고, 뜰에 흘린 곡식은 두루미 모이로다.

벼슬을 하지 않고 시골에 살아도 제멋대로 횡포를 부려 이웃 소로 자기 밭을 갈고 일꾼 뺏어 김맨들 아무도 거역할 수 없다. 네놈 코에 잿물 붓고 상투를 잡아 후휘 돌리고, 구레나룻을 다 뽑아도 감히 아무도 원망하지 못하느니라.

- **진사** 조선 시대에, 과거의 예비 시험인 소과(小科)의 두 번째 시험에 합격한 사람에게 준 칭호. 또는 그런 사람.
- **홍패** 문과의 회시(會試)에 급제한 사람에게 주던 증서. 붉은색 종이에 성적, 등급, 성명을 먹으로 적었다.
- **음관** 과거를 거치지 아니하고 조상의 공덕에 의하여 맡은 벼슬. 또는 그런 벼슬아치.
- **설렁줄** 처마 끝 같은 곳에 사람을 부를 때 소리를 내는 방울(설렁)을 달아 놓는데, 그 방울을 잡아당기는 줄.
- **김매다** 논밭의 잡풀을 뽑아내다.
- **잿물** 짚이나 나무를 태운 재를 우려낸 물.

부자가 증서 내용을 듣고 있다가 혀를 내두르며 말했다.

"그만두시오! 그만두시오! 참으로 맹랑한• 일입니다! 장차 나더러 도적놈이 되라는 말입니까?"

그러고는 머리를 흔들며 뛰쳐나가서 죽을 때까지 다시는 양반이 되고 싶다는 말을 입에 담지 않았다.

• **맹랑하다** 생각하던 바와 달리 허망하다.

박지원 (1737~1805)

박지원은 흔히 '연암 박지원'으로 알려져 있습니다. 조선의 대표적인 실학자로, 청나라를 다녀와서 쓴 『열하일기』라는 작품이 유명합니다. 조선의 개혁을 위해 청나라의 선진 문물을 배워야 하고 양반의 신분만 내세우는 무능한 사람보다는 신분이 낮더라도 능력 있는 사람을 뽑아서 나라의 일을 맡겨야 한다는 생각을 가졌습니다. 이러한 박지원의 생각들은 「예덕선생전」, 「호질」, 「허생전」 등의 소설에 잘 나타나 있습니다.

활동하기

1 사건과 인물의 특징 이해하기

소설의 인물과 그에 대한 소개 글입니다. 관련 있는 것끼리 연결해 봅시다.

인물	소개 글
관찰사	고을을 돌아다니면서 정사를 살피다가 관청에서 꾸어 준 곡식을 갚지 않은 '양반'을 발견하고 화를 내며 규정대로 처리하게 하는 사람
양반	① 신분 때문에 항상 차별을 받다가 돈을 주고 양반 신분을 샀으나 양반이 하는 일이 마치 도적놈과 같아 양반 되기를 그만두는 사람
부자	② 돈을 벌 생각은 안 하고 책 읽기만 좋아하여 관청에서 빌린 곡식을 갚지 못해 옥에 갇힐 지경에 이르자 아내의 핀잔을 듣고 돈을 마련하기 위해 자신의 양반 신분을 팔아서 비천한 신분이 된 사람
군수	③ 가난한 '양반'을 안타깝게 여겨 잡아 가두지 못하고, 양반과 부자의 신분 거래에 개입하여 온 마을 사람들이 보는 앞에서 증서를 만들어 주는 사람

2 인물의 말을 통해 주제 정리하기

군수의 말을 통해 군수가 '참으로 양반이다.'라고 생각하는 양반은 어떤 사람인지 말해 봅시다.

"군자로다, 부자여! 양반이로다, 부자여! 부자로서 인색하지 않았으니 옳음이요, 남의 어려움을 돌보았으니 어짊이요, 낮은 것을 싫어하고 높은 것을 바랐으니 슬기로움이로다. 이런 사람이야말로 참으로 양반이 아니겠는가!"

작품 속 사회상 파악하기

3 양반의 아내와 부자의 말을 통해 작가가 비판하고자 했던 당시의 현실은 무엇인지 말해 봅시다.

인물의 말		당시 현실
'양반'의 아내 	"당신은 평소에 그렇게도 글을 잘 읽더니만 환곡을 갚는 데에는 아무런 쓸모가 없구려. 쯧쯧, 양반이라니! 한 푼도 못 되는 그놈의 양반!"	①
부자 	"그만두시오! 그만두시오! 참으로 맹랑한 일입니다! 장차 나더러 도적놈이 되라는 말입니까?"	②

다르게 이해하기

4 군수의 행동에 대한 다음 두 친구의 해석을 보고 어느 쪽이 공감되는지 골라 보고, 자신의 해석을 덧붙여 봅시다.

영미: 조선 시대는 신분제 사회인데 양반을 사고파는 건 이미 신분제가 무너지고 있다는 뜻이야. 군수는 양반을 사고파는 일을 찬성하는 사람 같아. 그러니 소송의 빌미가 되지 않게 증서를 만들어 서명까지 해 줬을 거야.

준서: 군수는 자기 자신도 양반이니까, 양반 신분은 아무나 될 수 없어야 하는데 갑자기 부자가 양반이 된다니 싫었을 거야. 그래서 부자가 스스로 양반 신분을 포기하게 만들려고 증서에 양반이 되어도 실익이 없다는 내용과 온갖 불공평한 특권을 누리고 횡포를 저지르게 된다는 내용을 써 준 게 아닐까?

작품 해설

양반의 두 얼굴

소설 「양반전」은 박지원이 살았던 시대의 양반에 대한 풍자로 가득 차 있습니다. 소설에서처럼 양반 신분을 대놓고 사고팔지는 않았지만 이미 양반과 상민의 신분 제도는 제대로 기능을 하지 못하던 시대였습니다. 상민들은 타고난 신분만으로 사람을 차별하는 것을 납득하지 못했고, 양반들은 지배 계급으로서 모범을 보이지 못했지요.

당시의 양반을 풍자하는 내용이 '군수'가 만든 증서에 잘 드러나 있습니다. 첫 번째 증서에서는 양반이 정말 실생활에는 하나도 도움이 되지 않으며 헛되이 체면만 차린다는 내용이 적혀 있습니다. 두 번째 증서에는 양반이 자신의 신분을 이용해서 온갖 특권을 누리고 백성을 착취한다는 내용이 적혀 있습니다. 증서의 내용을 들은 '부자'가 "그만두시오! 그만두시오! 참으로 맹랑한 일입니다! 장차 나더러 도적놈이 되라는 말입니까?" 하며 뛰쳐나가는 부분이 풍자의 핵심입니다.

박지원은 양반 신분이 아니더라도 덕이 높고 훌륭한 사람을 예찬하는 내용의 소설 「예덕선생전」을 지었고, 양반이지만 천하게 여기는 장사와 무역에 뛰어들어 큰 이익을 남기는 내용의 소설 「허생전」을 지었습니다. 박지원은 그냥 '이름만 양반'인 채로는 나라의 발전에 큰 한계가 있을 것이라 생각하여 진정 훌륭한 사람은 신분과 무관함을 보여 주었고, 양반 계급 또한 시대의 변화에 맞게 실학을 추구하여 변화해야 한다고 깨우쳐 주었습니다.

그런데 「양반전」 속에 묘하게 그 의도를 알아차리기 힘든 등장인물이 있습니다. 바로 '군수'인데요, 겉으로는 양반과 부자의 신분 매매를 확실히 매듭짓고자 하여, 신분 매매를 긍정하는 인물인 것 같습니다. 그런데 실질적으로는 '부자'가 양반이 되는 것을 포기하게 만들어 버렸습니다. '양반'은 이미 돈을 받아 환곡을 다 갚았고, '부자'는 스스로 계약을 파기하며 양반 되기를 그만두었으니 돈을 돌려받을 수도 없습니다. 결국 '양반'만 이득을 본 셈인데요, '군수'가 만든 증서는 혹시 '부자'가 양반 되기를 포기하게 만들려는 교묘한 작전이 아니었을까요? 그렇게 본다면 군수는 양반 신분이라는 것은 함부로 사고팔 수 없다는 믿음을 가진 인물로 해석할 수도 있습니다.

+ 감상 더하기

• 신분과 차별

「양반전」 속의 두 번째 증서에 '네 가지 백성(사농공상) 가운데 선비가 가장 고귀하다. 거기서도 양반이라 불리면 이익이 엄청나다.'라고 적혀 있습니다. 양반은 글 읽는 문반과 군인이 되는 무반을 합해서 부르는 말입니다. 동서양을 막론하고 '고귀함'은 곧 '낮고 천함'과 대비되어 '차별'로 이어집니다. 농부, 공인, 상인을 양반보다 차별하고, 무반을 문반보다 차별할 뿐만 아니라 천민을 평민보다 차별하며, 평민을 귀족보다 차별했습니다. 이러한 신분에 따른 차별은, 개인의 능력이나 노력과 상관없이 당시 의 신분제에 따라 태어나면서 발생하는 것이므로 매우 불합리한 것입니다. 신분뿐만 아니라 어느 누구도 태어날 때 인종, 성별, 국가, 가정 등을 스스로 선택해서 태어나지 않습니다. 전 세계 사람들이 이 점을 깨달아 이제는 모두가 평등하게 대우받고 누구나 노력해서 고귀한 사람이 될 수 있는 시대가 되었습니다.

• 「딸깍발이」

이희승이 쓴 「딸깍발이」라는 수필에도 가난한 양반의 모습이 묘사되어 있습니다. 경제적으로는 극도로 궁핍한 구렁텅이에 빠져서, 겨울에도 땔나무가 없어 벌벌 떨면서도 다 떨어져 몇 번 기운 옷을 갖추어 입고 반듯하게 앉아서 사서오경을 비롯한 수많은 책을 얼음에 박 밀듯이 백 번이고 천 번이고 내리윈다고 합니다.

하지만 「양반전」에서와 달리 「딸깍발이」에서는 양반의 긍정적인 면이 드러납니다. 옳다고 믿는 일을 위해서라면 목숨을 아끼지 않는 기개, 돈이나 벼슬보다도 의리와 청렴을 강조하는 강직함이 있다고 하였습니다. 결론은 현대인이 자기 자신밖에 모르고 눈앞의 이익에만 정신이 팔린 것을 비판하는 내용인데, 「양반전」 속의 '정선 양반'은 그런 기개나 강직함이 별로 없어 보이네요.

• 소설과 재판

'군수'는 '부자'와 '양반'의 거래가 나중에 '소송의 빌미'가 될 수 있다며 그걸 막기 위해 증서를 만들어 주는데, 오히려 그 증서 때문에 '부자'는 양반 되기를 포기합니다. 양반의 특권 때문에 양반이 되고 싶었지만 결국 그 양반의 특권 때문에 양반을 포기하고 돈만 잃게 된다는 면에서 '부자'는 자기 꾀에 자기가 빠지는 셈이 됩니다. 소설 속 재판에서 종종 사용되는 '자기 꾀에 자기가 빠지는' 상황은 독자에게 통쾌함을 줍니다. 세익스피어의 희극 「베니스의 상인」에서도 샤일록이 돈을 안토니오에게 돈을 빌려주며 빚을 못 갚으면 심장 부분의 살 1파운드를 베어 가겠다는 계약을 합니다. 안토니오는 빚을 못 갚고 샤일록은 계약대로 안토니오의 살을 베어 내겠다고 합니다. 지혜로운 변호사 발타자르의 주장으로 피를 한 방울도 흘리지 않고 살을 꼭 1파운드만 베어 내라고 판결이 나자 샤일록은 포기했고 베니스인을 위협한 죄로 오히려 재산을 압류당합니다. 샤일록이 자기 꾀에 자기가 빠지는 꼴이 된 거지요. 물론 실제 재판에서는 이렇게 통쾌한 일은 일어나지 않습니다.

엮어 읽기

『태평천하』 • 채만식

「양반전」의 '부자'가 마지막에 뛰쳐나가지 않고 양반이 되었다면 어떤 일이 벌어졌을까요? 소설 「태평천하」에서 양반 신분을 산 부자 '윤 직원'은 양반다운 면은 조금도 없고 오직 자기 이익만을 위해 살아갑니다. 신분만 양반이 아니라 성품까지 양반이 되려면 어떤 노력을 해야 할지 생각하면서 「태평천하」를 읽어 봅시다.

국어 교과서가 선택한 소설 읽기

아파트먼트 셰르파

05

배달 차량이 아파트 단지 안으로 못 들어오게 하거나, 음식 배달원이나 택배 기사들이 공용 엘리베이터를 못 타게 해서 갈등이 발생한다는 신문 기사가 난 적이 있습니다. 이럴 경우 배달하는 사람들이 무거운 물건을 아파트 입구부터 수레에 담아 끌어야 하거나 고층에 올라갈 때 화물용 엘리베이터만을 이용해야 해서 고충이 크다는 것이지요.

여러분도 배달 음식을 먹어 본 적이 있지요? 그때 음식점에서 우리 집 문 앞까지 음식을 배달해 주는 사람에게 고마움을 느껴 본 적이 있나요? 아니면 돈을 지불했으니 그런 고생은 당연한 것이라고 생각했었나요? 갑자기 25층까지 걸어서 배달하게 된 배달원의 입장에서 이 소설을 한번 읽어 봅시다.

이기호

아파트먼트 셰르파

이번엔 17층이었다. 한 층에 계단이 열아홉 개씩 있으니까 17층이면 삼백이십 개가 넘는 계단이었다. 이제 진짜 이놈의 아르바이트를 그만둘 때가 된 것 같다. 오늘까지만, 오늘까지만……. 그런 생각으로 나는 가게 문을 나섰다. 오늘만 벌써 아홉 번째 배달이었다. 다리가 저절로 후들거렸다.

고시원비라도 조금 보태 볼까, 시작한 아르바이트였다. 제대 후 학교에 복학해• 보니 기숙사 순번이 돌아오지 않았다. 그렇다고 면 소재지 장터 한 귀퉁이에서 작은 종묘사•를 운영하는 아버지에게 차마 서울의 어마어마한 자취방 보증금까지 부탁할 순 없었다. 그렇게 해서 찾은 아르바이트였다. 고시원과 같은 건물 1층에 있는 '만나' 치킨집 배달 아르바이트 모집 공고, 거기에 적혀 있는 시급 육천 원 글씨만 보고 무작정 문을 열고 들어간 것이었다.

"근데, 사장님, 여긴 원동기• 운전면허 자격증 없어도 되나요?"

저녁부터 바로 출근하라는 오십대 중반의 머리가 약간 벗겨진 사

• **복학하다** 정학이나 휴학을 하고 있던 학생이 다시 학교에 복귀하다.
• **종묘사** 식물의 씨나 싹(모종이나 묘목)을 파는 가게.
• **원동기** 자연계에 존재하는 수력, 풍력, 조력 따위의 에너지를 기계적 에너지로 바꾸는 장치.

장에게 나는 조심스럽게 물었다.

"뭐, 우린 바로 앞에 있는 아파트 단지만 배달하는 거라서…… 체력은 괜찮지?"

내 실수라면 그때 사장의 말 속에 숨겨진 의미를, 거기에 생략된 진실을 바로 알아차리지 못한 데 있었다.

에둘러• 말할 것도 없이 '만나' 치킨집 앞, 총 800가구가 거주하는 25층 높이의 '행복 아파트'는 배달 사원들의 승강기 사용을 일절 금하고 있었다. 아파트 1층 엘리베이터 옆에 그런 경고문이 붙어 있었다.

당 아파트에 출입하는 배달 사원들로 인해 주민들의 이용 불편과 승강기 유지 관리비가 발생하므로…… 반드시 계단을 이용해…….

처음 그 경고문을 보고 이게 뭔가, 나는 잠깐 멍하니 서 있었다. 그러다가 마침 문이 열린 엘리베이터에 반사적으로 몸을 실었다. 첫 배달은 11층이었다. 에이, 뭐 별일 있으려고. 누가 보는 것도 아닌데……. 하지만 그런 내 생각은 배달에서 돌아오자마자 여지없이 깨져 버렸는데, 사장이 사뭇 미안한 얼굴로 "거, 엘리베이터 탔구나? 경비실에서 시시 티브이로 다 보고 있어. 그러면 안 돼."라고 말했기 때문이었다. 그제야 나는 사장이 면접 자리에서 체력 운운

• **에두르다** 바로 말하지 않고 짐작하여 알아듣도록 둘러대다.
• **운운하다** 이러쿵저러쿵 말하다.

한• 이유를 깨닫게 되었다.

나는 좀 당황했지만, 첫날이니까 아무 생각 없이 무작정 뛰어다니기만 했다. 생각할 겨를도 없이 12층에서 9층으로, 4층에서 다시 21층으로……. 자정 무렵 마지막 배달을 마칠 때까지 나는 뛰고 또 뛰고, 오르고 또 올랐을 뿐이었다. 그렇게…… 두 달 넘도록 아르바이트를 했다.

그 두 달 동안 나는 치킨 배달 아르바이트가 아닌, 흡사 히말라야 산악인들을 위한 셰르파•가 된 심정이었다.(언젠가 한번은 18층까지 낑낑거리며 올라갔더니 내 또래 젊은 여자가 "어머, 우리는 프라이드 아니라 양념 시켰는데요?"라면서, 다시 갖다 달라고 한 적이 있었다. 나는 그때 그 여자 앞에 무릎 꿇고 '제발 그냥 프라

• **셰르파** 네팔 동부 에베레스트산 기슭에 살고 있는 티베트계(系)의 한 종족. 라마교를 신봉하고 농업, 목축업, 상업 따위에 종사하며, 히말라야 등산대의 짐을 나르고 길을 안내하는 인부로서 유명하다.

이드 먹으면 안 될까요?' 두 손 모아 빌 뻔했다.)

퇴근해서 고시원 작은 침대에 누우면 계단이 눈앞으로 일어서는 듯한 환영이 보이기도 했다. 사장이 퇴근할 때마다 주는 생맥주 한 잔에 속아서 참아 온 두 달이었다. 하지만 이젠 더 이상 못 버틸 것 같았다. 그놈의 엘리베이터, 그놈의 계단…….

마지막 배달이라고 생각하면서 다시 계단을 오르려고 할 무렵, 엘리베이터에서 마흔쯤 되어 보이는 남자가 내렸다.

"저기 1702호 배달 가시죠? 주세요. 제가 갖고 올라갈게요."

남자는 치킨값을 내밀면서 말했다. 나는 머뭇거리다가 남자에게 치킨을 내밀었다.

"앞으로 저희 집 배달은 여기 엘리베이터 앞으로 오시면 됩니다."

남자는 나에게 꾸벅 고개까지 숙인 후, 다시 엘리베이터 앞으로 돌아섰다.

나는 왠지 조금 울적한 기분에 사로잡혔다. 가게로 돌아가려고 몇 걸음 떼던 나는 그때까지 엘리베이터를 기다리고 있던 남자에게 말을 건넸다.

"이게 왜…… 이런 일들이 생긴 거죠?"

갑작스러운 내 질문에 남자는 조용한 목소리로 이런 말을 했다.

"글쎄요, 아파트에 사니까 아파트만 생각해서 그런 거 아닐까요?"

남자는 그 말을 남긴 채 엘리베이터 안으로 사라졌다.

이기호 (1972년~)

이기호 소설가는 1972년 강원도 원주에서 태어났습니다. 1999년에 '랩'을 활용한 단편 소설 「버니」로 소설가의 길을 걷게 되었습니다. 『갈팡질팡 하다가 내 이럴 줄 알았지』, 『웬만해선 아무렇지 않다』, 『명랑한 이시봉의 짧고 투쟁 없는 삶』 등의 책을 펴냈고 이효석문학상, 김승옥문학상, 황순원문학상, 동인문학상 등을 수상했습니다. 그는 힘없는 사람들의 '웃픈' 이야기를 통해 사회의 문제를 비판하는 소설을 주로 다루며 술술 읽히는 이야기꾼으로 통합니다. 그래서 그의 소설은 '개념 있는 유쾌함'을 담은 소설, '많이 웃은 만큼 결국 더 아파지'는 소설이라는 평가를 받고 있습니다.

활동하기

1 사건과 인물의 심정 이해하기

소설 속의 사건을 겪을 때, 주인공의 심정이 어땠을지 써 봅시다.

	소설 속의 사건	주인공의 심정
오늘	오늘까지만…… 하는 생각으로 아홉 번째 배달을 나섬.	①
과거 회상	고시원비를 보태기 위해 배달 아르바이트를 시작함.	절실하고 기대된다.
	배달 첫날 경고문을 보고도 엘리베이터를 탔다가 지적받음.	②
	18층까지 걸어 올라갔는데 주문과 달라서 다시 갖다준 적도 있음.	③
	잠자리에 누우면 계단이 일어서는 듯한 환영이 보임.	힘들고 지친다.
오늘	1702호 남자가 1층까지 내려와서 치킨을 받아 줌.	④

2 인물의 의도 파악하기

다음과 같은 말을 하는 1702호 남자의 의도가 무엇인지 말해 봅시다.

"앞으로 저희 집 배달은 여기 엘리베이터 앞으로 오시면 됩니다."

인물의 대화를 통해 주제 정리하기

3 작가가 다음 밑줄 친 남자의 말을 통해 전하려는 이 사회의 문제점은 무엇일지 추측해 봅시다.

> "이게 왜…… 이런 일들이 생긴 거죠?"
> 갑작스러운 내 질문에 남자는 조용한 목소리로 이런 말을 했다.
> "글쎄요, 아파트에 사니까 아파트만 생각해서 그런 거 아닐까요?"
> 남자는 그 말을 남긴 채 엘리베이터 안으로 사라졌다.

다르게 이해하기

4 내가 아파트의 주민이라면 배달원의 고생을 알았을 때 어떤 행동을 했을까요? 만약 내가 배달원의 엘리베이터 사용을 허용하자고 말한다면 다른 아파트 입주민들은 어떤 반응을 보일지 상상해 보고 어떻게 그들을 설득할 수 있을지 써 봅시다.

작품 해설

누가 칼 들고 협박한 건 아니지만

세계에서 가장 높은 에베레스트산이 포함된 히말라야 산맥에서 등반가들이 산에 오를 때, 등반가들을 도와 짐을 나르며 함께 산을 오르는 사람들을 셰르파라고 합니다. 높은 산을 오른 등반가의 이름은 기억하지만 함께 산을 올랐던 셰르파에 대해 사람들은 그저 짐꾼 보조 역할 정도로 여기고 등반의 주인공으로 인정하지는 않는 일이 많습니다. 하지만 에베레스트산을 맨 처음 올라 인류에 모험심을 자극한 에드먼드 힐러리 경도 "셰르파인 텐징 노르가이가 없었다면 나는 에베레스트산을 오르지 못했을 것이다."라고 했을 정도로 히말라야 등반에서 셰르파의 역할은 중요합니다.

「아파트먼트 셰르파」에서 주인공은 자신이 셰르파가 된 것 같다고 느낍니다. 배달 봉투를 들고 25층짜리 아파트의 위아래를 끝없이 오르내리는 자신의 모습이 짐을 지고 높은 산을 오르는 셰르파처럼 느껴졌겠지요. 셰르파 없이는 높은 산을 오를 수 없는데도 사람들이 주목해 주지 않는 것처럼 배달원이 없으면 행복 아파트의 사람들은 음식을 먹을 수 없는데도 배달원의 고생에는 주목하지 않는다는 점도 비슷해 보입니다.

이 짧은 소설에서 작가가 보여 주는 것이 참 많습니다. 배달원이 엘리베이터를 사용하면 입주민이 불편하니까 배달원에게 계단을 이용해 올라가라고 하는 비인간적이고 이기적인 아파트 주민들, 그 주민들에 발맞추어 배달원이 엘리베이터를 타나 안 타나 감시까지 하는 경비원, 그 속에서도 양심이 있어서 1층까지 음식을 받으러 내려와 주는 40대 남자 주민 같은 사람도 있지요. 그중에 매일매일 그만두고 싶다면서 계속 배달일을 하는 주인공의 모습도 있지요. 주인공은, 누가 25층까지 걸어서 올라가라고 칼 들고 협박한 것도 아닌데, 왜 힘들다고, 힘들다고 하면서 오늘도 배달하러 가는 것일까요? 이 일을 그만두면 고시원비를 낼 수가 없으니 어쩔 수 없이 할 수밖에 없겠지요.

힘들고 괴로워도 돈을 벌어야 하기 때문에 쉽게 일을 그만둘 수가 없는 주인공의 모습이 힘든 일상을 살아가는 현대 사회 속 우리 모두의 모습이 아닐까요?

+ 감상 더하기

• 셰르파

사람들이 높은 산을 오른 산악인들의 이름은 기억하고 동경하지만 함께 산을 오른 '셰르파'에 대해서는 주목하지 않습니다. 그런데 요즘은 셰르파들이 스스로 등반대를 조직하여 높은 산을 오르는 주인공이 되는 일이 있습니다. 니마 린지 셰르파라는 18세 소년은 8,000m 이상의 높은 산 14개를 최연소로 등반하여 세계 기록을 세우기도 하였습니다. 「아파트먼트 셰르파」의 주인공은 치킨 배달을 하지만, 그 아파트 사람들은 족발도 시켜 먹을 것이고 짜장면도 시켜 먹을 것입니다. 그 배달원들도 주인공처럼 계단을 오르내리겠지요. 현대의 셰르파들이 주체성을 가지고 권리를 외치는 것처럼 배달원들이 힘을 모아 배달을 거부한다든지 언론에 호소한다든지 하는 방법으로 행복 아파트 주민으로부터 자신들의 인권을 찾게 되기를 바랍니다.

• 아파트먼트

우리가 흔히 '아파트'라고 부르는 주거용 건물은 원래 영어의 '아파트먼트'에서 온 말입니다. '아파트먼트'를 짧게 줄여서 '아파트'가 되었고, '아파트'라는 제목의 노래도 널리 알려졌지요. 작가는 왜 이 작품을 '아파트 셰르파'가 아니라 '아파트먼트 셰르파'라고 지었을까요? 주인공이 배달가는 곳의 이름도 '행복 아파트먼트'가 아니라 '행복 아파트'니까 '아파트 셰르파'라고 해도 될 텐데 말입니다. 여기에는 작가의 의도가 숨어 있다고 볼 수가 있습니다. '아파트먼트'가 영어에서 온 말이기는 하지만 실제로 영어의 '아파트먼트'는 '월세를 내는 임대아파트'를 가리키는 말로 더 많이 쓰입니다. 즉, '아파트먼트'라고 써서 조금 형편이 어려운 집을 가리키는 영어의 의미를 연상하게 함으로써 행복아파트 주민들의 마음이 가난하고 공감 능력이 빈곤함을 넌지시 알려 주는 것입니다.

• 도덕적 인간과 비도덕적 사회

라인홀드 니부어라는 철학자는 『도덕적 인간과 비도덕적 사회』라는 책을 썼습니다. 니부어는 도덕적인 인간이 모인 사회가 항상 도덕적이지는 않다고 했습니다. 착한 사람이 모였는데, 그 사회는 나쁜 사회일 수 있다는 말인데요, 개인적으로는 도덕적인 행동을 하더라도 '사회'나 '집단'의 이익을 위해서라면 비도덕적이나 이기적으로 행동할 수 있기 때문이랍니다. 그리고 개인들이 착한 일을 한다고 해서 사회가 착해지는 데에 큰 영향을 주지 못한다고 말했습니다. 이 사회 제도나 구조의 문제는 1702호의 남자처럼 혼자서 착한 일을 한다고 해결되지 않는다는 뜻입니다. 그래서 니부어는 '외적 강제력'의 필요성을 말했습니다. 그러니까 행복 아파트 주민들 모두가 자발적으로 배달원을 배려하는 마음을 내려 하지 않는다면, 국가인권위원회 등에서 행복 아파트에 강제해서라도 배달원의 인권을 지켜 줘야 하지 않을까요?

엮어 읽기

『귀하의 노고에 감사드립니다』 • 장강명 외

「아파트먼트 셰르파」에는 우리가 생각해 보지 못했던 음식 배달원의 고통이 드러납니다. 「귀하의 노고에 감사드립니다」를 읽으면 월급을 받는 직장인뿐만 아니라 비정규직, 자영업, 프리랜서, 플랫폼 노동, 가사, 구직, 학습 등 모든 곳에서 '노동'이 발생하고 있음을 알게 됩니다. 특히 그중 주원규의 「카스트 에이지」는 배달원의 삶을 그리고 있어 「아파트먼트 셰르파」와 엮어 읽어 볼 만합니다.

느티나무 수호대

국어 교과서가 선택한 소설 읽기

06

무지개는 일곱 가지 색이 모여야 제 이름에 걸맞는 모습이 됩니다. 이 소설에서 무지개의 영어 이름인 '레인보'를 딴 레인보 크루의 도훈, 금란, 민용, 요한, 예은 등은 모두 다문화 가정의 아이들입니다. 서로 다른 문화적 배경을 가진 아이들이 모여 무지개처럼 조화를 이루면서 살아가는 대포읍에서 무슨 일이 벌어지려는 걸까요?

느티나무의 정령으로부터 환대를 받은 대포읍 아이들이 재개발로 인해 위기에 처한 느티나무를 지키는 '느티나무 수호대'가 되기까지의 이야기를 함께 읽어 봅시다.

김중미

느티나무 수호대

앞부분 줄거리

사람이 된 느티나무 정령 '느티 샘'은 느티나무 안에서 산다. 그 느티나무 안은 각기 아픔이 있는 다문화 가정 아이들이 모여 서로 의지하고 함께 도우며 성장하는 공간이다. 어느 날 동네 재개발로 인해 느티 언덕의 반이 사라질 위기에 처한다. 요한, 금란, 민용, 새봄, 도훈 등은 춤 동아리 '레인보 크루'를 만들어 청소년 댄스 대회에 참가한다. 상을 받아 주목을 받으면 위기에 처한 느티나무 이야기를 알리기 위해서이다. 춤 연습을 하던 아이들은, 아프리카 대륙의 '부르키나파소'라는 나라에서 온 무용수가 차별과 인권에 관한 문제의식을 담아낸 댄스 공연을 했고 그 팀 이름이 '쿨레칸'이라는 것을 알게 된다.

새봄이가 이번엔 다른 링크를 열었다.

"이게 그분들 누리집이야. 내가 우연히 동영상을 보고 찾아봤는데 팀 이름이 쿨레칸이래. 그리고 춤추는 분은 에마뉘엘. 부르키나파소라는 나라에서 오셨대."

"춤이 되게 힘이 있으면서 우아하다."

도훈이도 화면을 유심히 보았다.

"그렇지? 만딩고라는 서아프리카 전통 춤을 현대 무용과 접목한 거래. 이 장면은 〈데게베〉란 공연 중 일부야. 이분이 한국에 와서 겪은 차별과 인권에 대한 주제를 담은 무대래."

새봄이의 설명에 요한이가 눈을 반짝였다.

"어, 레인보 크루랑 어울린다."

"그래서 같이 보자고 한 거야."

요한이가 들뜬 목소리로 물었다.

"그럼 이 춤 처음부터 끝까지 다 볼 수 있어?"

"다는 아니고 짤막짤막하게 올라와 있어."

아이들은 영상을 여러 편 연이어 보며 쿨레칸 춤의 에너지에 휘감겼다.

"요한아, 근데 부르키나파소는 어디 있는 나라야?"

금란이가 흥분한 목소리로 요한이에게 물었다. 그러자 요한이가 어리뻥뻥한 표정으로 되물었다.

"누나는 그걸 왜 나한테 물어?"

금란이가 당황해서 얼버무렸다.

"아니, 나는 그냥 네가 알 것 같아서……."

"누나까지 날 아프리카 사람이라고 생각해? 그래서 그렇게 물어본 거야? 나 한국 사람이거든."

"누가 뭐래? 모르면 모른다 하면 되지. 왜 벌컥 짜증을 내."

자칫하면 말다툼이 시작될 분위기였다. 민용이가 얼른 끼어들었다.

"아, 누나. 이번엔 누나가 좀 실수한 것 같아. 그렇지만 요한아, 누나가 널 놀리려고 그런 건 아닌 줄 알잖아."

민용이의 말에 금란이가 머쓱해하며 사과했다.

"나요한, 미안해. 나도 모르게."

"다들 그러지. 무심코 장난으로. 흑인은 다 아프리카 사람이고, 아프리카 사람끼리는 모두 서로 안다고 생각하는 게 얼마나 무신경한 행동인지 알아? 아프리카가 뭐 대포읍만 해? 아프리카는 대륙이라고. 그 큰 대륙에 있는 나라 중 하나를 내가 어떻게 아느냐고."

요한이의 볼멘소리•에 금란이가 겸연쩍은• 얼굴로 다시 사과했다.

"미안해. 내 생각이 짧았어."

새봄이는 금란이가 발끈하지 않고 잘못을 시인해서 안심했다.

"여러분, 우리 손안에는 스마트폰이 있잖아요. 자, 부르키나파소. 딱 나오잖아요. 부르키나파소는 나이지리아 정 반대편에 있는 나라네. 여긴 영어가 아니라 프랑스어를 공용어•로 쓴대. 프랑스 식민지였나 보다."

"왜 아프리카 말이 아니라 따로 공용어를 써?"

금란이 물음에 요한이가 맥없이 말했다.

"누나, 아프리카는 대륙이라고. 아프리카 말이 하나일 리 없잖아. 나이지리아에서도 부족마다 다른 언어를 쓴대. 그래서 공용어로 영어를 쓰는 거야."

"아, 그렇구나. 미안. 하긴 중국도 소수 민족은 다 자기 언어 쓰지. 이해 완료."

금란이 말에 요한이가 피식 웃었다. 새봄이가 말을 이었다.

• **볼멘소리** 서운하거나 성이 나서 퉁명스럽게 하는 말투.
• **겸연찍다** 쑥스럽거나 미안하여 어색하다.
• **공용어** 한 나라 안에서 공식적으로 쓰는 언어.

"자, 레인보 크루 여러분, 집중하세요. 다시 쿨레칸에 대해 설명할게요. 클레칸은 '뿌리의 외침'이라는 뜻이래. '우리 모두는 여행자들이며, 어디를 가든 자신의 존엄성과 뿌리를 잃지 말아야 한다.'라는 메시지가 담겨 있대. 진짜 멋있지 않아?"

"멋지다. 저 춤에 대해 자세히 알고 싶어."

"홈페이지에 보니까 여러 곳에서 워크숍을 했어. 학교도 가고, 장애인 단체에도 가고."

"진짜? 그럼 우리도 가능하지 않을까?"

"한번 연락해 볼까? 이메일 써 보면 어때?"

새봄이 말에 금란이가 고개를 끄덕였다.

"그래, 그러자. 그럼 우리 중에 영어 잘하는 애가 써야겠네. 요한아, 네가 해."

금란이 말에 요한이가 지친 표정으로 대꾸했다.

"아, 누나 제발. 나 영어 못해. 난 한국 사람이라고."

"누가 뭐래? 너희 아빠 영어 선생님이잖아. 그래서 말한 거야."

"우리 아빠만 잘하는 거지. 아, 진짜."

요한이의 짜증에 이번에는 다들 웃음을 터뜨렸다. 요한이도 너털웃음을 짓고 말았다.

"저기요, 여러분. 쿨레칸에는 한국 사람들이 있고요. 홈페이지도 한국어와 영어 둘 다 있어요."

"아, 그렇구나. 난 또……."

금란이가 민망스러워하며 말끝을 흐렸다.

중간 부분 줄거리

쿨레칸의 에마뉘엘 선생님과 미리암 선생님이 레인보 크루에 와서 춤을 지도해 주고 인권에 대한 이야기를 해 주고 갔다.

레인보 크루는 에마뉘엘 선생님과 미리암 선생님이 다녀간 뒤 더 자주 모였다. 춤을 추는 마음이 달라지자 몸짓도 달라졌다. 문제는 대회까지 시간이 너무 촉박하다는 것이었다.

"에마뉘엘 샘이 관절을 잘 움직이면 된다고 했는데 나는 관절이 안 움직여."

가장 열심히 연습하는 새봄이가 풀이 죽었다. 민용이 역시 시무룩했다.

"도훈이 형, 가사를 생각하면 동작이 머릿속에 막 그려지거든? 근데 막상 따라 하려면 안돼. RM 형이 '세상의 모든 약자들' 하고 외치는 부분이 나오면 가슴이 쿵쿵 뛰어. 그러면 내가 가슴을 내밀고 튕기며 더 앞으로 밀고 나가야 하는데 오히려 몸이 멈춰 버리는 것 같아."

"왜?"

"틀릴까 봐 겁나. 나 때문에 이 퍼포먼스 망칠까 봐."

그러자 요한이가 갑자기 랩을 쏟아내면서 몸을 움직였다.

"우리는 싸워야 해. 아직 죽기엔, 아니 포기하기엔 일러. 날아갈 수 없음 뛰어, 뛰어갈 수 없음 걸어. 우리가 짠 대로 춤을 출 수 없으면 그냥 네가 하고 싶은 대로 막 움직여."

예은이는 울음이라도 터뜨릴 듯한 얼굴로 투덜거렸다.

"나요한, 네 랩은 멋지지만 나는 생각대로 안 된다고."

"맞아. 우리는 하고 싶다고 몸이 막 움직여지지가 않아. 내 몸은 음악이랑 따로 놀아. 언니랑 도훈이 오빠는 그냥 걸어도 리듬이 느껴져. 근데 난 안 돼."

도훈이는 울먹이는 새봄이를 위로할 말이 떠오르지 않아 한 숨만 쉬었다. 금란이가 착잡한 표정으로 말했다.

"김도훈, 무리 같아. 즐겁게 춰야 하는데 동생들이 다 너무 부담스러워하잖아. 솔직히 이 구성으로는 작년 레인보 크루처럼 못 춰. 이대로 나갔다가는 예선에도 못 들어."

새봄이가 친구들을 엿살피며 물었다.

"우리 가사대로 하는 건 어때?"

요한이는 여전히 퉁명스러웠다.

"새봄 씨, 지금도 가사대로 짠 안무거든요?"

"그게 아니라, 우리가 너랑 도훈이 오빠, 금란이 언니를 따라가려고 애쓰기보다 그냥 할 수 있는 최선을 다하는 거야. '우리는 Extra, But still part of this world.'라는 이 가사처럼. 비록 춤을 잘 못 추지만 우리 역시 레인보 크루의 일부다. 부족하지만 우리는 서로를 믿는다. 이렇게 서로의 곁을 지킨다. 뭐 그런 의미로."

새봄이 말에 민용이와 예은이는 솔깃했지만 금란이의 얼굴은 밝아지지 않았다. 도훈이가 뭔가를 골똘히 고심하다가 침묵을 깼다.

"나는 새봄이 생각이 나쁘지 않은 것 같아. 그렇지만 그걸로 댄스대회에 나가지는 못하겠지. 대회에서는 실력을 먼저 볼 테니까."

요한이가 성난 표정으로 투덜거렸다.

"그래서 어쩌라고?"

"다른 방법을 찾아보자는 거야."

"뭐야, 댄스 대회 포기하자고? 자기가 먼저 하자고 해 놓고? 도대체 무슨 방법이 있겠어? 형이 대안을 말해 봐."

한참 동안 한숨만 내쉬던 도훈이가 자신 없는 목소리로 물었다.

"우리 중에 유명한 유튜버 아는 사람 없어?"

금란이가 어처구니없다•는 표정으로 도훈이를 보다가 갑자기 뭔가 생각난 듯 소리쳤다.

"브이로그• 하자."

"브이로그?"

"청소년문화센터 유튜브 계정에 우리 레인보 크루 브이로그를 올리는 거야. 날마다 한 2~3분짜리로."

브이로그라는 말에 눈이 번쩍 뜨인 도훈이는 금란이를 재촉했다.

"자세히 설명해 봐."

"작년에 청소년센터에서 온라인으로 브이로그 만드는 강의 들었거든. 만들기 쉬워. 집에서 하려니까 동생들이 방해해서 그만뒀지만 재미도 있어."

"우리가 아이돌도 아니고 누가 관심을 가지겠어?"

예은이가 의심쩍은 투로 물었다.

"모르는 소리. 청소년 브이로그 많이 해. 그냥 평범한 개인이 하는 것도 있고. 우리는 청소년센터 유튜브 채널을 이용할 수 있잖아.

• **어처구니없다** 일이 너무 뜻밖이어서 기가 막히는 듯하다.
• **브이로그(vlog)** 자신의 일상을 직접 찍은 동영상 콘텐츠.

홍규목 아래서 연습하는 모습을 올리는 거야. 가끔 홍규목을 클로즈업해서 보여 주기도 하고. 나는 그것만으로도 멋질 것 같아."

새봄이도 눈을 반짝였다.

"언니, 브이로그 잘 만들 수 있어?"

"잘은 모르지만 만들 수는 있어. 솔직히 누구든지 할 수 있어. 배우기만 하면 나보다 너나 민용이가 더 잘할걸?"

도훈이가 들뜬 표정으로 말했다.

"금란아, 멋지다. 넌 진짜 머리가 좋은 것 같아. 너무 좋은 아이디어야."

"이제 알았어? 앞으로 내 말 무시하지 마라."

중략 부분 줄거리

아파트 재개발로부터 느티나무인 홍규목을 지키기 위해 레인보 크루는 브이로그를 찍어 인터넷에 올리기로 했다.

레인보 크루는 연습이 있는 날마다 브이로그를 만들어 올렸다. 홍규목의 멋진 모습도 꼼꼼히 담았다. 브이로그를 찍으며 하는 연습 덕분에 민용이와 새봄이, 예은이의 로봇 같은 몸짓도 풀리고 박자도 제법 맞추게 되었다. 학교에서 레인보 크루를 알아보는 학생들도 생겼다. 누군가에게 주목받기를 싫어하는 민용이는 몸 둘 바를 몰랐지만 대포읍 아이들이 홍규목에 관심을 갖게 된 것은 뿌듯했다.

"빅뉴스, 빅뉴스."

9월이 됐는데도 한낮 기온이 30도를 오르내리는 탓에 연습은 해질 녘에야 시작했다. 오늘은 늦겠다던 새봄이가 친구들이 잠시 쉬는 사이에 호들갑을 떨며 느티 언덕으로 올라왔다.

"방금 엄마 사무실에 들렀다가 통화를 엿들었거든. 아파트 후문, 느티 언덕 쪽으로 안 날지도 몰라. 지금 협의 중이래. 웅등산 해병대 담 건너편으로 후문을 내서 신도시로 나가는 우회 도로랑 연결하자고."

"왜 갑자기?"

금란이 물음에 새봄이는 잠시 우물쭈물했다. 그러다 눈을 딱 감고 말했다.

"우리 엄마가 그 의견을 낸 것 같아. 아파트에 입주할 주민들은 절대 대포 시장에 가지 않을 거라고. 단지 안에 대형 마트랑 상가 자리가 따로 있대. 입주민들은 당연히 거길 갈 거라고."

아이들이 떨떠름한 얼굴로 고개를 끄덕였다.

"좋은 소식인데 뭔가 찜찜하다."

금란이가 꺼림칙한 표정으로 투덜거렸다. 다들 말이 없자 요한이가 해맑게 말했다.

"잘됐는데 왜 다 표정이 그래?"

"맞아, 잘됐네."

예은이도 마지못해 맞장구를 쳤다. 그때 도훈이가 친구들에게 조심스럽게 말을 꺼냈다.

"느티 샘이 오늘 연습 끝나고 모이래."

"왜? 무슨 일이지?"

새봄이가 걱정스러워 하자 요한이가 까불었다.

"우리 고생했다고 파티하자고 부르셨을 수도 있지. 뭘 걱정해. 느티 샘이 우리한테 걱정 끼칠 분이 아니잖아."

중략 부분 줄거리

이들은 느티나무인 홍규목을 지키기 위해 천연기념물로 지정되기를 바라지만 느티나무의 정령인 느티 샘은 천연기념물이 되면 너무 외롭다며 반대한다.

도훈이도 손등으로 눈을 비비고는 담담한 척 물었다.

"그러면 샘이 원하는 건 뭐예요?"

"도훈이가 그렇게 물어봐 줘서 정말 고마워. 나는 태어나서부터 마을이 내려다보이는 동산에서 500년을 살았어. 그중 100년을 당산나무로 살았지. 나는 여기 서서 사람들의 이야기에 귀 기울이고, 하소연을 듣고, 함께 울고 웃었어. 사람들이 내게만 털어놓는 이야기를 듣는 게 좋았어. 지금도 점심시간이면 웅등산 기슭에 있는 관공서나 회사에서 일하는 사람들이 커피나 음료를 들고 와서 담소를 나누다가 가거든. 그 이야기를 엿듣는 것도 재미있어. 가끔 폐지를 줍는 노인들, 택배 기사님도 저 평상에 누워 잠깐 쉬곤 해. 그러면 나뭇가지를 흔들어 땀을 식혀 주기도 하지. 나는 그런 모든 순간에 행복해. 무엇보다 나를 너희에게 열어 주고 이 기억의 숲을 만나게 하는 순간이 가장 큰 기쁨이지. 나는 너희가 이 기억의 숲을 미래의 숲으로 바꿔 주길 바라거든."

다들 한참 동안 말이 없었다. 느티 샘이 원하는 게 무엇인지 모두 분명하게 알아들었다. 그리고 레인보 크루 역시 느티 샘과 같은 걸 원했다. 느티 샘이 다시 말을 이었다.

"나는 너희가 있어서 희망을 버리지 않아. 우리 식물들이 사람들과 함께 계속 살아갈 수 있을 거라는 희망, 숲을 되살릴 수 있다는 희망. 그래서 나는 천연기념물로 오래오래 살아남기보다 당산나무로 너희와 함께 살아가고 싶어."

또다시 침묵이 이어졌다. 민용이가 도훈이를 툭툭 치며 보채자 도훈이가 마음을 굳힌 듯 레인보 크루를 돌아보며 말했다.

"느티 샘이 행복해야 우리도 행복하니까, 샘이 원하는 대로 해요."

그제야 느티 샘 얼굴이 환하게 펴졌다.

중략 부분 줄거리

평범한 일상이 다시 시작되었고, 가끔 레인보 크루를 알아보고 가입을 원하는 아이들이 생겼다.

"여러분께 비보 아닌 비보를 전하려고 해요. 아무래도 이번에도 저는 천연기념물이 될 수 없을 것 같아요."

"결정 났대요?"

"아직은 확실하지 않은데 지난주에 현장으로 두 번째 조사를 나온 전문가들이 좀 어려울 것 같다고 했대."

"샘 기분은 안 나빠요?"

"왜?"

"샘의 가치를 안 알아준 거잖아요."

"아니야, 난 좋아."

"그래도 난 좀 섭섭해요. 우리 느티 샘의 진가를 몰라보는 것 같아서."

"맞아, 홍규목이 천연기념물이 안 되면 어떤 나무들이 되는 거지?"

느티 샘은 너스레를 떠는 아이들을 둘러보며 말했다.

"안에 들어가자. 동생들이랑 같이 축하 파티라도 해야겠어."

도훈이는 신이 나서 느티나무로 들어가는 친구들의 뒷모습을 보다 다시 평상에 누웠다. 조금 늑장을 피우고 싶었다. 9월이 되었지만 느티나무는 아직도 여름 빛깔이다. 홍규목을 평상에 누워서 올려다보면 나무 한 그루가 아니라 하나의 숲처럼 보인다. 그리고 언젠가부터 도훈이는 자신도 그 숲의 일부라고 느끼기 시작했다. 도훈이는 그것이 느티 샘의 환대가 지닌 힘임을 안다. 느티 샘의 환대 덕분에 지금 대포읍에는 새로운 숲이 만들어지고 있다. 레인보 크루, 대포읍 아이들, 대포 마을회가 함께 만들어 가는 숲. 도훈이는 그 숲이 홍규목 기억의 숲과 이어져 모두를 위한 미래의 숲으로 가꿀 수 있기를 꿈꾼다.

도훈이도 평상에서 일어나 느티나무로 갔다. 느티나무 문 앞에 선 순간 늘 자기 시선보다 높이 있던 옹이가 자기 눈 아래로 내려간 걸 깨달았다. 어느새 키가 더 자랐다.

김중미 (1963년~)

김중미 소설가는 1963년 인천에서 태어났습니다. 인천에서 '기차길옆공부방'을 운영하였고 강화도에서 '기차길옆작은학교'를 운영하며 아이들과 다양한 활동을 하고 있습니다. 『모두 깜언』, 『조커와 나』, 『곁에 있다는 것』 등의 소설을 지었는데, 김중미의 소설은 가난한 아이들의 삶, 다문화 청소년의 삶 등을 따뜻하게 보여 주는 특징이 있습니다. 그중 『괭이부리말 아이들』은 나온 지 20년이 지났지만 지금도 청소년들에게 권장되는 소설이고, 많은 사람들이 '괭이부리말 아이들'이 20년 후에 어떻게 자랐을지를 아직도 궁금해하고 있습니다.

활동하기

1 사건과 인물의 행동 이해하기

아이들에게 생긴 문제 상황을 어떻게 해결했는지 소설의 내용대로 정리해 봅시다.

문제 상황	해결 방안
느티나무 홍규목이 베일 위기에 처함.	느티나무를 지키자는 홍보를 위해 댄스 대회에 나가 상을 받기로 함.
댄스 연습을 하기 위해 도움이 필요함.	(①)에 워크숍을 신청함.
댄스 대회에서 상을 받기가 어려워짐.	댄스 연습을 하며 느티나무를 홍보하는 (②)을/를 하기로 함.

2 인물의 대화에 담긴 의미 파악하기

'요한'의 반응을 통해 '금란'의 질문이 왜 '무신경한 행동'인지 설명해 봅시다.

요한

다들 그러지. 무심코 장난으로. 흑인은 다 아프리카 사람이고, 아프리카 사람끼리는 모두 서로 안다고 생각하는 게 얼마나 무신경한 행동인지 알아?

금란의 질문

요한아,
근데 부르키나파소는
어디 있는 나라야?

왜 아프리카 말이
아니라 따로 공용어를
써?

인물의 말에 담긴 의미 생각하기

3 느티나무의 정령인 느티 샘의 다음 말을 통해 느티 샘이 원하는 삶의 모습이 무엇인지 말해 봅시다.

"나는 너희가 있어서 희망을 버리지 않아. 우리 식물들이 사람들과 함께 계속 살아갈 수 있을 거라는 희망, 숲을 되살릴 수 있다는 희망. 그래서 나는 천연기념물로 오래오래 살아남기보다 당산나무로 너희와 함께 살아가고 싶어."

다르게 이해하기

4 아파트 단지를 짓기 위하여 숲을 없애거나 나무를 베어 내는 일이 주변에서 많이 벌어지고 있습니다. 아파트 단지를 지어 동네를 개발하는 것과 지금은 미신으로만 남은 당산나무 한 그루를 지키는 일 중 어느 것이 더 가치 있다고 생각하는지 자기 생각과 그 이유를 써 봅시다.

작품 해설

모두가 환대받는 세상을 위하여

장편 소설인 『느티나무 수호대』의 전체 내용을 읽어 보면, 대포읍을 배경으로 자존감을 잃고 사는 다문화 아이들의 이야기, 코로나로 먹고 살기가 힘들어진 어른들의 이야기, 아파트 건설과 느티나무를 지키는 이야기 등 다양한 이야기가 나옵니다. 그중에는 '느티 샘'으로 불리는 느티나무의 정령이 느티나무 속으로 아이들을 불러들여 아침밥을 먹이고 자유롭게 놀게 하는 이야기도 있습니다.

느티나무의 정령이 나오는 것도, 느티나무 속으로 들어가면 넓은 공간으로 이어진다는 것도, 그 안에서는 언어가 아니라 마음으로 대화가 가능하다는 것도 특별히 판타지스럽지 않고 매우 평범한 일인 듯이 진행됩니다. 그만큼 마을 사람들이 느티나무를 의지하고 친근하게 지낸다는 상징적인 표현이기도 하고, 예전에는 주술과 기도의 기능을 하던 당산나무가 현대에는 어떤 기능을 할 수 있을지에 대한 작가의 생각을 보여 준 것이기도 합니다.

작가는 오랫동안 낙후된 지역에서 아이들의 공부방을 해 왔습니다. 작가가 공부방에서 아이들에게 해 주었던 환대와 공동체 회복의 작업을 소설 속의 느티 샘과 느티나무 속 공간에 반영하여 보여 준 것으로 보입니다. 소설의 전체 사건은 느티나무를 살리자는 이야기를 중심으로 흘러가지만, 우리 사회에 다문화 아이들이 잘 적응하게 하려면 누군가가 이들을 환대해 주어야 한다는 것이 작가가 진짜 하고 싶은 말일 것입니다.

소설의 특별한 점이라면, 느티나무 입장에서 나무의 생각을 말해 주는 부분입니다. 느티 샘은 천연기념물로 지정되어 보호받고 고립되어 오래오래 사는 것보다는 수명이 단축되더라도 다른 동물들, 식물들, 동네 사람들과 함께 살아가는 길을 택하겠다고 합니다. 이것은 우리 사회에서 환경 보호, 자연 보호라는 이름으로 행해지는 여러 가지 일들이 혹시 너무나 인간 중심적인 관점에서 접근하는 것은 아닌지 성찰하게 합니다.

+ 감상 더하기

• 레인보

레인보 크루는 무지개가 일곱 가지 다양한 색으로 이루어져 있는 것처럼 도훈이가 속한 댄스 팀이 다문화 아이들로 이루어져 있다는 것을 표현하는 팀 이름입니다. 다문화 아이들은, 흔히 우리 사회에서 소외된 약자들로 인식됩니다. 소설 속에서 소외된 아이들이 '레인보 크루'라는 이름을 쓴 것처럼, 현실 속에서 성소수자들은 자신들의 상징으로 무지개 깃발을 사용하였고 지금은 전 세계적으로 '다양성'의 상징으로 무지개 깃발을 사용하고 있습니다. 소설의 마지막 부분에 팀의 이름에서 '레인보'를 빼고 '느티나무 수호대'로 바꾼 것은 도훈이와 레인보 크루의 아이들이 정신적 성장을 이루어 더 이상 다문화 출신인 것 때문에 흔들리지 않게 되었음을 상징하는 듯합니다.

• 천연기념물

천연기념물은 국가에서 지정하여 법률로 보호하는 동물, 식물, 지형 따위의 자연유산을 말합니다. 아파트 건설로 느티나무가 사라질 위기에 처하자 대포읍 사람들은 느티나무 홍규목을 천연기념물로 지정해 달라고 신청을 합니다. 천연기념물로 지정이 되면 국가에서 보호하기 때문에 토지 개발이 되더라도 살아남을 수 있기 때문이지요. 작품 속에서 느티나무 홍규목은 결국 천연기념물로 지정받지는 못합니다. 아이들도 "홍규목이 천연기념물이 안 되면 어떤 나무들이 되는 거지?" 하며 아쉬워합니다.

'국가유산 포털' 홈페이지의 '국가유산 종목별 검색' 메뉴로 들어가서 '천연기념물' 항목을 보면 어떤 나무들이 천연기념물이 되는지 확인할 수 있습니다. 천연기념물지도서

비스(https://gis-heritage.go.kr/na.do?theme=nm_v.do)에 가면 천연기념물로 지정된 동물들의 이동 경로도 지도 위에 표시해 줍니다. 궁금하면 우리 동네에 혹시 천연기념물로 지정된 동식물이 있는 건 아닌지 한 번씩 찾아보면 어떨까요?

• 브이로그

'브이로그'는 아직 공식 사전에 등록되지는 않은 말로, 'Video Log(비디오 기록)'의 줄임말인데, 자신의 일상을 직접 찍은 동영상 콘텐츠를 말합니다. 이것을 개인 블로그나 누리 소통망, 동영상 스트리밍 사이트 등에 올리지요. 요즘은 개인 인터넷 방송을 위한 인터넷 환경이 잘 되어 있어서 누구나 브이로그를 찍어 올릴 수가 있습니다. 브이로그는 일상을 기록한다는 내용에 초점을 맞춘 이름이라면 개인 인터넷 방송은 대중 매체로서의 방송에 대비되는 형식에 초점을 맞춘 이름이죠. 요즘은 특히 길이에 초점을 맞춘 '쇼츠', '숏폼'이라는 이름의 인터넷 매체도 유행하고 있습니다.

엮어 읽기

『시간 전달자』 • 이상권

소설 『시간 전달자』에서는 숲과 함께 자란 사람들이 나오며 부동산 투기로 인해 숲이 사라질 위기에 처한 상황이 제시되고 숲을 지키려는 이야기가 펼쳐집니다. 『느티나무 수호대』에 나오는 '느티 샘'처럼 신비로운 존재인 '시간을 전달하는 사람'도 등장합니다. 느티나무 한 그루를 넘어서, 숲 전체를 지키기 위한 노력이 어떻게 끝을 맺을지 관심을 가지고 『시간 전달자』를 읽어 봅시다.

플랜더스의 개

국어 교과서가 선택한 소설 읽기

07

혹시 누군가와의 만남이 인생을 바꿀 수 있다고 생각해 본 적이 있나요? 우리가 일상에서 만난 사람이나 함께 지내는 반려동물이 나에게 어떤 변화를 주고 있을지 떠올려 보세요.

이 소설은 벨기에 '플랜더스'라는 지방의 작은 마을을 배경으로, 한 소년과 개가 만나 함께 살아가는 이야기를 그리고 있어요. 우연히 시작된 그들의 만남은 서로의 삶을 조금씩 바꾸어 놓습니다.

소년 넬로와 개 파트라슈가 만들어 가는 이 특별한 동행의 이야기를 함께 따라가 볼까요?

플랜더스•의 개

앞부분 줄거리

벨기에 플랜더스 지방의 작은 마을에 소년 넬르가 할아버지와 함께 살고 있었다. 넬로와 할아버지는 우유 배달을 하며 생계를 이어 가고 있었는데, 그날도 여느 때와 같이 우유 배달을 하고 돌아오고 있는 길이었다. 한편 파트라슈는 철물점 상인의 개였는데, 엄청나게 무거운 수레를 끌며 주인에게 심하게 혹사당한 끝에 결국 쓰러져 버려지고 만다.

그날은 루뱅•에서 축제가 열리기 전날이었다. 주인은 장터에서 좋은 자리를 차지하기 위해 길을 서둘렀다. 힘세고 참을성 많은 파트라슈를 잃고 루뱅까지 직접 힘들게 수레를 밀게 된 게 분통이 터졌다. 파트라슈를 보살펴야겠다는 생각은 눈곱만큼도 들지 않았다. 죽어 가는 개는 쓸모가 없었다. 제 주인의 눈에 벗어나 혼자 떠도는 큰 개가 보이면 훔쳐서 파트라슈를 대신할 생각이었다. 사실 파트라슈도 거의 공짜나 마찬가지로 얻어서 이 년이라는 긴 세월 동안

• **플랜더스** 벨기에 서부, 프랑스 북부, 네덜란드 남서부를 포함하는 지방. '플랑드르'라고도 불린다.
• **루뱅** 벨기에 중부 플람스브라반트주에 있는 문화 도시.

해가 뜰 때부터 질 때까지, 여름이나 겨울이나 맑은 날이나 궂은 날이나 쉴 틈 없이 혹독하게 부려 먹었던 것이다.

파트라슈는 꽤 쓸 만했고 돈도 많이 벌게 해 주었다. 하지만 교활한 주인은 새들이 파트라슈의 핏발 선 눈을 뜯어 먹을지 모르는데도 마지막 숨을 내쉬는 파트라슈를 혼자 도랑에 내버려 둔 채 자기는 루뱅의 흥겨운 분위기 속에서 구걸하고 훔치고 먹고 마시고 춤추고 노래하기 위해 길을 갔다. 고작 죽어 가는 개, 수레를 끄는 개 한 마리가 겪는 고통 때문에 돈도 못 벌고 즐기지도 못하고 시간을 낭비할 이유가 어디 있단 말인가?

파트라슈는 우거진 풀숲 도랑에 던져진 채로 누워 있었다. 그날따라 길은 부산했다. 수많은 사람들이 걷거나 노새나 짐마차나 수레를 타고 즐거워하며 바삐 루뱅으로 향했다. 그중엔 파트라슈를 본 사람들도 있었지만 대부분은 보지도 못한 채 지나쳤다. 다 죽어 가는 개는 브라반트에서는 의미가 없었다. 그것은 세상 어디나 마찬가지일 터였다.

얼마 뒤 축제 인파 속으로 허리가 굽고 기력이 없어 보이는 절름발이 노인이 걸어왔다. 축제에는 어울리지 않는 옷차림이었다. 행색이 말할 수 없이 초라하고 남루했다. 노인은 즐거움을 좇는 소란한 사람들 사이로 소리 없이 천천히 발을 끌며 걸었다. 그러다가 파트라슈를 발견하고는 걸음을 멈췄다. 어찌 된 일인지 궁금해하던 노인은 길을 벗어나 도랑의 무성한 풀과 잡초 속에 무릎을 꿇고는 안쓰러움이 담긴 다정한 눈으로 그 개를 살폈다. 노인 곁에는 발그레한 얼굴에 눈동자가 짙은 두세 살가량의 금발 머리 아이가 있었다. 아이는 제 가슴께까지 오는 풀숲 속으로 종종거리며 오더니 소리 없이 누운 가련하고 거대한 짐승을 꽤나 심각한 얼굴로 가만히 바라보았다.

꼬마 넬로와 덩치 큰 개 파트라슈는 그렇게 처음 만났다.

결국 그날 예한 다스 할아버지는 들판 가까이 있는 자신의 작은 오두막으로 파트라슈를 끙끙대며 끌고 와서는 정성껏 돌보았다. 열기와 갈증과 피로로 정신을 잃었던 파트라슈는 그늘에서 어느 정도 휴식을 취하자 건강과 힘을 되찾았고, 다시 튼튼한 황갈색 네 다리로 비틀거리며 일어섰다.

파트라슈는 몇 주일이나 쓸모없고 힘없고 아프고 다 죽어 가는 상태였지만, 험한 말도 듣지 않았고 매질도 받지 않았다. 단지 자신을 가여워하는 어린아이의 중얼거림과 다정히 어루만져 주는 노인의 손길만을 느꼈을 뿐이었다.

파트라슈가 앓아누운 동안 외로운 노인과 해맑은 어린아이는 파트라슈를 더욱 세심하게 보살폈다. 파트라슈를 위해 오두막 한구석에 건초를 쌓아 잠자리를 만들어 주었으며, 한밤이면 혹시나 하는 마음에 파트라슈의 숨소리에 유심히 귀를 기울였다. 좀 나아져서 파트라슈가 힘없고 갈라진 소리로 컹컹 짖었을 때는 함께 웃었으며, 확실히 건강을 되찾았다는 생각이 들었을 때는 눈물을 흘릴 만큼 기뻐했다. 넬로는 기쁨에 겨워 수레의 가죽끈에 털과 살갗이 쓸려 상처투성이인 파트라슈의 목을 끌어안고 보드랍고 붉은 입술로 입을 맞췄다.

파트라슈는 수척해지긴 했지만 힘세고 다부진 모습으로 다시 일어섰고 그동안 정신을 차리라는 욕설도, 어서 일하라는 매질도 받지 않았다는 사실을 깨닫고 은근히 놀랐다. 마음속에는 커다란 사랑이 솟아났고, 목숨이 다하는 날까지 할아버지와 손자에게 충성을 다하겠다고 마음먹었다.

파트라슈느 개였지만 고마워할 줄 알았다. 파트라슈는 자리에 누워 진지하고 온화하고 깊은 갈색 눈으로 할아버지와 넬로의 행동을 바라보며 오래도록 생각에 잠겼다.

늙은 군인인 할아버지는 젖소를 키우는, 형편이 좀 나은 이웃들의 우유 통을 작은 수레에 실어 매일 안트베르펜•까지 절뚝거리며 날라다 주는 일 말고는 생계를 위해 할 수 있는 일이 없었다. 마을 사람들이 할아버지의 사정을 봐서 일감을 준 것이긴 했지만, 더 정확하게는 정직한 할아버지에게 우유 배달을 맡기고 자신들은 집에서 정원을 가꾸고 젖소며 닭, 오리를 돌보거나 텃밭을 일구는 편이 좋아서였다. 연세가 여든셋인 데다 안트베르펜까지 5km는 족히 되었기 때문이다.

수레의 가죽끈 때문에 생긴 목의 상처가 아직 아물지 않았지만 이제 제법 건강해진 파트라슈는 햇살 아래 엎드려 있다가 우유 통이 들락날락하는 모습을 유심히 지켜보았다.

다음 날 아침, 파트라슈는 할아버지가 수레로 오기도 전에 일어나서는 수레 손잡이 사이에 자리를 잡고 섰다. 그렇게 이제껏 보살펴 준 보답으로 일을 하고 싶고, 또 잘할 수 있다는 뜻을 몸으로 분명히 전했다. 할아버지는 개를 묶어 일을 부리는 것은 자연의 섭리

• **안트베르펜** 벨기에 서북부에 있는 이 나라 제일의 무역항.

에 맞지 않는 부끄러운 짓이라고 여겼기에 한참을 마다했다. 하지만 파트라슈는 물러서지 않았다. 할아버지와 넬로가 마구•를 씌워 주지 않자 파트라슈는 이빨로 수레를 끌려고 했다.

마침내 할아버지도 자신을 구해 준 것에 감사하는 파트라슈의 마음과 끈기를 받아들였다. 할아버지는 파트라슈가 수레를 편히 끌 수 있도록 고쳐 주었고, 그 후로 파트다슈는 매일 아침 수레 끄는 일을 하게 되었다.

겨울이 되자 할아버지는 루뱅에서 축제가 있던 날, 도랑에서 죽어 가는 파트라슈를 만나게 된 축복과도 같은 행운에 깊이 감사했다. 할아버지는 연로•한데다 해가 갈수록 쇠약해져서 파트라슈가 힘을 다해 부지런히 일해 주지 않았으면 눈길이나 수레바퀴가 푹푹 빠지는 진흙탕 길에서 수레를 끌지 못했을 터였다. 파트라슈에게 역시 천국 같은 날들이었다. 예전 주인 밑에서 엄청난 무게의 짐을 끌며 한 걸음 내딛을 때마다 채찍질

• **마구** 말을 타거나 부리는 데 쓰는 기구.
• **연로** 나이가 많음.

을 당해 온 파트라슈였기에 늘 부드러운 손길과 다정한 말을 건네주는 자상한 할아버지 옆에서 밝은 놋쇠 우유 통이 실린 작고 가벼운 초록색 수레를 끄는 일은 즐거운 놀이나 다름없었다. 게다가 서너 시쯤 되면 일이 끝나서 나머지 시간은 뭘 하든 자유였다. 기지개를 켜거나 따스한 햇살 아래 잠을 자거나 들판을 돌아다니거나 넬로와 뜀박질을 하거나 다른 개들과 놀아도 됐다. 파트라슈는 더없이 행복했다.

전 주인이 메헬렌•에서 열린 축제에서 술에 취해 싸우다 죽은 사건은 파트라슈에게 있어 다행스러운 일이었다. 이제 사랑이 가득한 새 보금자리에 사는 파트라슈를 찾아다니거나 귀찮게 할 사람은 아무도 없었다.

몇 년이 지나자 늘 절뚝거리며 걷던 할아버지는 류머티즘으로 다리가 굳어 더 이상 수레를 이끌지 못하게 됐다. 그래서 이제 여섯 살이 된, 할아버지와 여러 번 같이 다녀 안트베르펜을 잘 아는 어린 넬로가 할아버지 일을 대신했다. 넬로는 우유를 팔고 돈을 받아 우유 주인들에게 갖다주는 일을 예의 바르고 성실하게 했으며, 그 모습을 지켜보는 사람들마다 넬로를 기특하게 여겼다.

이 아르덴 꼬마는 진지하고도 부드러운 짙은 눈동자에 발그레한 뺨, 목덜미까지 늘어진 금발이 무척 아름다운 아이였다. 그래서 많은 화가들이 넬로와 파트라슈가 지나가는 모습을 스케치했다. 테니르스 씨, 미리스 씨, 반 탈 씨 집 놋쇠 우유 통이 실린 초록색 수레

• **메헬렌** 벨기에의 도시 중 하나.
• **루벤스** 바로크 회화의 거장 화가 페테르 파울 루벤스를 말한다.

와 마구에 달린 종을 경쾌하게 울리며 지나가는 황갈색 커다란 개, 조그맣고 하얀 발에 커다란 나막신을 신은 채 루벤스•의 그림에 나오는 귀여운 아이처럼 온화하고 의젓하고 천진하고 행복한 얼굴로 그 옆을 달리는 작은 아이의 모습을 자신들의 화폭에 담았다.

뒷부분 줄거리

넬로에게는 풍차 방앗간 집 코제 씨의 딸, 알루아라는 친구가 있었다. 루벤스 같은 화가가 되고 싶었던 넬로는 알루아를 그려 주기도 하고 함께 동산에서 놀기도 하며 놀았는데, 코제 씨는 가난한 고아인 넬로를 무척 싫어했다. 그는 자신의 방앗간에 불이 났을 때 넬로에게 누명을 씌우기도 했다. 눈이 많이 내리는 어느 날, 할아버지가 죽고, 집주인은 집세를 못 낸 넬로를 쫓아내고 수레까지 빼앗았다. 넬로가 미술 대회에 출품한 그림은 다른 사람이 그려 준 것 아니냐는 누명을 쓰고 크리스마스이브에 탈락했다. 넬로는 루벤스의 그림을 보기 위해 성당으로 가고, 결국 자신의 꿈을 이루지 못한 채, 서로 위로를 주고받던 파트라슈와 함께 죽음이라는 비극적 운명을 맞는다.

위다 (1839 ~ 1908)

위다는 영국 서퍽에서 태어난 소설가로, 인간과 동물의 관계를 따뜻한 시선으로 그려 낸 작품들로 사랑받았습니다. 대표작 『플랜더스의 개』를 비롯해 『스트라스모어 계곡』, 『두 깃발 아래서』, 『나방』 등이 있으며 약자와 동물, 그리고 인간의 진정한 연대를 섬세하게 표현했습니다. 감성적이면서도 인간애가 깃든 서사로 19세기 영국 문학을 대표하는 작가로 평가받습니다

활동하기

주요 사건 정리하기

1 넬로가 파트라슈와 함께하게 되는 사건을 시간의 흐름에 따라 정리해 봅시다.

단계	내용
만남	넬로와 할아버지가 주인에게 혹사당한 끝에 버려져 도랑에 쓰러져 있는 (①)을/를 발견함.
회복	넬로와 할아버지가 파트라슈를 (②)하며 (③)을/를 마련해 주고, 파트라슈가 회복하자 함께 (④)을/를 나눔.
변화	파트라슈가 보답하기 위해 스스로 (⑤)을/를 끌려고 하자 이를 거절하던 할아버지가 결국 받아들여 끌게 됨.
안정	파트라슈가 넬로와 함께 평화로운 일상을 보내며 (⑥)과/와 신뢰 속에서 행복을 느낌.

서술자의 특징 파악하기

2 작품에 서술된 인물의 행동과 마음을 살펴보며 서술자의 특성을 파악해 봅시다.

	넬로	파트라슈
작품에 서술된 인물의 행동	❶ 파트라슈를 위해… 잠자리를 만들어 주었으며, 한밤이면 혹시나 하는 마음에 파트라슈의 숨소리에 유심히 귀를 기울였다.	❸ 파트라슈는 이제껏 보살펴 준 보답으로 일을 하고 싶고, 또 잘할 수 있다는 뜻을 몸으로 분명히 전했다.
	❷ 좀 나아져서 파트라슈가… 확실히 건강을 되찾았다는 생각이 들었을 때는 눈물을 흘릴 만큼 기뻐했다.	❹ 파트라슈는 넬로와 함께 기지개를 켜거나 햇살 아래 잠을 자거나 들판을 돌아다니거나, 넬로와 뜀박질을 하며 행복했다.
인물의 마음	❶ → ( ) ❷ → ( )	❸ → ( ) ❹ → ( )

→ 서술자의 특성: 독자가 넬로와 파트라슈의 마음을 알 수 있는 이유는 작품 (①)에 위치한 서술자가 (②) 때문이다.

소재의 상징적 의미 이해하기

3 작품 속 소재가 상징하는 의미를 선으로 연결해 봅시다.

❶ 수레의 가죽끈과 상처 •	• ㉠ 평화와 안식
❷ 우유통이 실린 초록색 수레 •	• ㉡ 과거의 고통과 억압
❸ 햇살 아래 엎드린 파트라슈 •	• ㉢ 새로운 삶과 희망

작가의 의도 파악하기

4 작품 속 장면을 참고하여 작가가 전하고자 하는 바를 생각해 봅시다.

다음 날 아침, 파트라슈는 할아버지가 수레로 오기도 전에 일어나서는 수레 손잡이 사이에 자리를 잡고 섰다. 그렇게 이제껏 보살펴 준 보답으로 일을 하고 싶고, 또 잘할 수 있다는 뜻을 몸으로 분명히 전했다. … 파트라슈에게 역시 천국 같은 날들이었다 예전 주인 밑에서 … 채찍질을 당해 온 파트라슈였기에 … 작고 가벼운 초록색 수레를 끄는 일은 즐거운 놀이나 다름없었다. … 넬로와 뜀박질을 하거나 다른 개들과 놀아도 됐다. 파트라슈는 더없이 행복했다.

이 장면에서 작가가 전하고자 한 바는 ( )이다.

깊게 이해하기

5 작품이 전하는 메시지를 나의 경험이나 생각과 연결해 글을 써 봅시다.

작품 해설

사람과 동물의 마음이 이어질 때, 『플랜더스의 개』

진정한 사랑과 보답의 마음은 인간만의 전유물이 아닙니다. 작가 위다는 소설 『플랜더스의 개』를 통해 한 소년과 한 마리 개가 서로를 통해 성장하고 위로받는 이야기를 들려줍니다. 작품의 무대는 벨기에 플랜더스 지방의 작은 마을로, 넉넉하지 않은 환경 속에서도 따뜻한 정이 오가는 삶의 모습을 그리고 있습니다.

소년 넬로와 그의 할아버지는 어느 날 도랑에 쓰러진 개 파트라슈를 발견합니다. 두 사람은 학대당하다 버려진 파트라슈를 외면하지 못하고 정성껏 돌보며 다시 일어설 수 있도록 보살핍니다. 회복한 파트라슈는 자신을 구해 준 이들에게 보답하고자 스스로 수레를 끌며 일을 돕기 시작합니다. 넬로와 파트라슈는 함께 들판을 오가고, 우유 수레를 몰며 평화로운 나날을 보내지요. 이전에 채찍과 고통에 시달리던 파트라슈에게는 처음으로 주어진 자유와 신뢰의 시간이었고, 넬로에게는 헌신과 사랑을 주고받는 따뜻한 동반자의 시간이었습니다.

이야기의 전개는 단순하지만, 그 속에는 사람과 동물의 관계를 넘어 진정한 사랑과 보답의 의미가 깊이 담겨 있습니다. 위다는 파트라슈의 시선을 통해 인간의 잔혹함과 동시에 인간다움의 가능성을 함께 보여 줍니다. 채찍질과 욕설로 대표되는 과거의 삶에서 벗어나, 넬로와 함께 '노동'을 기쁨으로 바꾸어 가는 파트라슈의 모습은 강요된 삶에서 자발적 삶으로의 전환, 고통에서 사랑으로의 회복을 상징합니다.

이 작품의 감동은 거창한 사건보다도 작은 선의가 만들어 내는 변화에서 비롯됩니다. 넬로의 연민은 한 생명을 살리고, 파트라슈의 감사는 한 가족의 삶에 따뜻한 기운을 더합니다. 이처럼 위다는 인간과 동물이 서로를 통해 구원받을 수 있음을 조용한 문체로 그려 냅니다. 서술자는 전지적 작가 시점을 사용하여 인물뿐 아니라 파트라슈의 내면까지도 섬세하게 전달함으로써, 독자가 그들의 감정을 깊이 공감하게 합니다.

『플랜더스의 개』는 단순한 동화나 감동적인 우정 이야기를 넘어, 진심으로 대하는 관계가 삶을 바꾸는 힘이 될 수 있음을 보여 주는 작품입니다. 사랑받은 존재가 다시 사랑으로 세상에 응답할 때, 그것이 인간다움의 또 다른 이름임을 일깨워 줍니다. 오래된 이야기이지만, 지금 우리의 삶에서도 여전히 유효한 따뜻한 메시지를 전하는 소설입니다.

+ 감상 더하기

• 작품 배경과 사회상

『플랜더스의 개』는 19세기 후반 벨기에 플랜더스 지방의 한 작은 마을을 배경으로, 가난하지만 성실하게 살아가는 사람들의 일상을 그리고 있습니다. 산업화의 물결이 도시에 번져 가던 시기, 시골 마을 사람들은 여전히 가난과 노동의 무게 속에 살아갑니다. 넬로와 할아버지는 우유 배달로 생계를 이어 가며 검소하고 성실하게 살아가지만, 사회적 약자로서 빈곤과 차별 속에 놓여 있습니다. 작품 속 풍경은 단순한 배경이 아니라, 당시 서민들이 겪었던 경제적 어려움과 사회적 불평등을 보여 줍니다.

• 파트라슈와 넬로

이 작품의 인물들은 거창한 이상이나 힘을 가진 존재가 아니라, 소박하지만 마음이 따뜻한 사람들입니다. 넬로는 가난 속에서도 꿈과 선의를 잃지 않고, 파트라슈에게 연민과 사랑을 전하며 인간다움을 보여 줍니다. 학대와 버림의 상처를 지닌 파트라슈는 다시금 신뢰를 배우고, 스스로의 힘으로 보답하며 새로운 삶을 만들어 갑니다. 두 존재는 서로를 의지하며 '함께 살아가는 것의 의미'를 깨닫고, 그 관계를 통해 사랑과 성실, 그리고 평화의 가치를 실현합니다.

• 보편적 가치와 감동

『플랜더스의 개』는 사람과 동물이 서로의 마음을 통해 위로받고 변화하는 과정을 그린 작품입니다. 작가는 전지적 시점을 통해 인물의 내면을 세밀하게 비추며, 모든 생명에 대한 공감과 연민의 시선을 보여 줍니다. 특히 넬로와 파트라슈의 관계는 사랑과 보답, 성실과 평화라는 보편적 가치를 상징하며, 진정한 행복은 소유가 아니라 마음을 나누는 데 있음을 일깨워 줍니다. 이 작품은 조용하지만 깊은 울림으로, 사람답게 산다는 것이 무엇인지를 다시 생각하게 만듭니다.

엮어 읽기

『어린 왕자』 • 앙투안 드 생텍쥐페리

『어린 왕자』는 눈에 보이는 것보다 마음으로 느끼는 것이 더 중요하다는 메시지를 전합니다. 어린 왕자가 여우를 통해 깨달은 '진심으로 바라보는 사랑'은, 서로를 믿고 아끼며 마음을 나누는 관계의 가치를 일깨워 줍니다. 이 작품을 읽으며 우리는 진정한 관계가 무엇인지, 그리고 행복이 어디에서 비롯되는지를 함께 생각해 볼 수 있습니다.

카멜레온

국어 교과서가 선택한 소설 읽기

08

카멜레온을 직접 본 적은 없더라도 카멜레온이 주변 색에 맞추어 몸의 색을 쉽게 바꾼다는 이야기는 들어 보았지요? 우리 주변에도 '카멜레온 같은 사람'이 있을까요? 여러분 '카멜레온 같은 사람' 하면 어떤 사람이 떠오르나요?

주변의 분위기에 잘 적응하는 사교성이 뛰어나고 적응력이 높은 사람일까요? 아니면 시시때때로 감정과 생각이 바뀌는 변덕스러운 사람일까요? '카멜레온 같은 사람'은 어떤 사람인지 생각하면서 「카멜레온」을 읽어 봅시다.

카멜레온

새 외투를 입은 경찰서장 오추멜로프가 한 손에는 꾸러미를 쥔 채 시장의 광장을 가로질러 걸어가고 있다. 불그스레한 머리칼의 순경이 압수된 구스베리 열매들로 꽉 찬 소쿠리를 들고 그의 뒤를 따르고 있다. 주변은 적막하고 시장 광장에는 사람이라고는 눈에 띄지 않는다. 상점과 선술집•의 열린 문들은 마치 굶주린 주둥이들처럼 이 세상을 바라보고 있다. 그 주변에는 거지들조차 얼씬거리지 않는다. 그런데 갑자기 오추멜로프의 귀에 이런 소리가 들린다.

"이 망할 놈아, 네 놈이 날 물었다는 거냐? 이보게들, 이놈을 도망가지 못하게 해! 요새는 개가 사람을 물면 안 되게 되어 있어! 좀 잡고 있어! 아이고…… 이런!"

깨갱거리는 개의 비명 소리가 들린다. 오추멜로프가 그쪽을 돌아보니 상인 피츄킨의 목재 창고에서 개 한 마리가 다리 세 개로 펄쩍거리다가 튀어나온 후 주위를 두리번거리며 도망가는 것이 보인다. 풀 먹인 러시아식 옥양목• 셔츠를 입은 어떤 남자가 조끼에 단추도

• **선술집** 선 채로 간단하게 술을 마실 수 있는 술집.
• **옥양목** 원래 그대로의 무명(생목)보다 발이 고운 무명. 빛이 희고 얇다.

채우지 않은 채 그 개를 뒤쫓는다. 개를 따라잡은 그는 땅바닥으로 몸을 날려 개의 뒷다리를 움켜잡는다. 깨갱거리는 개의 비명 소리와 "도망가지 못하게 해!"라는 고함 소리가 다시 들린다. 여기저기 상점들에서 졸린 표정의 사람들이 얼굴을 내밀더니 곧이어 마치 땅에서라도 솟아난 듯이 목재 창고 주변에 군중이 모여든다.

"서장님, 온통 엉망입니다!"

순경이 말한다.

오추멜로프는 왼쪽으로 몸을 슬쩍 돌리더니 군중 쪽으로 걸음을 옮긴다. 목재 창고의 문 바로 앞까지 와 보니, 위에 언급한 조끼를 풀어 헤친 사람이 오른손을 들어 피가 흐르는 자신의 손가락을 군중에게 가리켜 보여 주고 있는 것이 보인다. 반쯤 술에 취한 그의 얼굴은 '이 나쁜 놈아, 이제 대가를 치르게 해 주마!'라고 말하고 있는 듯하고, 치켜든 손가락은 승리의 깃발 같은 느낌을 준다.

오추멜로프는 이 남자가 금 세공사•인 흐류킨이라는 것을 알아본다. 이 소동을 일으킨 장본인인 개는 군중 가운데서 앞다리를 펼친 채 온 몸을 떨며 땅바닥에 주저앉아 있다. 주둥이가 날카롭고 등에는 누런 점이 있는 흰색 보르조이종의 강아지다. 눈물이 맺힌 강아지의 눈에서는 슬픔과 공포가 묻어 나오고 있다.

오추멜로프가 군중을 헤치고 들어가면서 묻는다.

"대체 여긴 무슨 일이야? 그리고 자넨 여기서 뭘하고 있는 건가? 손가락은 또 왜 그래? …… 그리고 소리를 지른 자는 누군가?"

흐류킨이 주먹으로 입을 가리고 기침을 하며 대답한다.

• **세공사** 잔손을 많이 들여 정밀하게 물건을 만드는 일을 전문적으로 하는 사람.

"서장님, 저는 아무도 건드리지 않고 걷고 있었고 그냥 목재에 대해 미트리 미트리치와 얘기를 나누고 있었을 뿐인데, 이 망할 놈이 갑자기 아무 까닭 없이 제 손가락을 물지 뭡니까……. 죄송합니다만, 저는 일을 해야 하는 사람이고…… 저의 일은 섬세한 것을 다루는 작업입니다. 그러니 제가 보상을 청구하도록 해 주십시오. 이런 손가락으로는 아마 한 주 동안은 아무것도 할 수 없을 테니까요……. 서장님, 짐승이 한 일이니까 참아 넘겨야 한다고 법에 쓰여 있는 건 아니지 않습니까……. 만일에 누구나 개에 물리는 세상이 된다면, 그런 세상에는 살지 않는 게 차라리 낫습니다."

"흐음…… 그건 맞는 말이지."

헛기침을 하고 눈썹을 치켜올리며 오추멜로프가 근엄하게 말한다.

"그런데 이건 누구의 개지? 이 일은 그냥 넘어가선 안 되겠군. 개

를 아무렇게나 풀어놓으면 어떻게 되는지 보여 주겠어! 이젠 규정을 지키려고 하지 않으면서 신사인 척하기만 하는 자들도 눈여겨보아야 할 때가 됐어! 아주 혼쭐을 내 주겠어!"

서장이 순경에게 말한다.

"이봐, 엘드이린, 누구 개인지 알아보고 보고서를 써 오게! 그리고 개는 즉시 처치해! 그런데 대체 누구 집의 개일까?"

"지갈로프 장군 댁의 개 같습니다!"

군중 속의 누군가가 외친다.

"지갈로프 장군이라고? 흠, 엘드이린, 내 외투를 벗겨 주게……. 정말 끔찍이도 무덥구먼. 좀 있으면 비가 내릴 게 분명해."

그런 후 서장이 흐류킨에게 말을 건다.

"그런데 한 가지 이해가 안 되는 게 있어. 어떻게 이 개가 자네를 깨물 수 있었을까? 정말 이 개가 자네 손가락 높이까지 닿을 수 있을까? 이 개는 작지만 자네는 키도 크고 체격도 우람하잖아! 못질을 하다가 자네 스스로 손가락에 상처를 냈는데 그걸 이 개한테 덮어씌우려 했던 게 틀림없어. 자네는…… 이런 일로 이 근방에서 유명하잖아!"

"서장님, 저 사람은 재미 삼아 개의 얼굴에 담뱃불을 들이댄 걸겁니다. 그러니 개도 바보가 아닌 이상 손가락을 깨물었을 거고요. 정말 황당한 사람입니다, 서장님."

"이봐, 보지도 못해 놓고 거짓말을 하는 까닭이 뭐야? 현명하신 서장님, 누가 거짓말을 하고 있고 누가 양심적으로 말하고 있는지는 사람들이 다 압니다. 만일 제가 거짓말을 하고 있다고 생각하신다면 법정에서 판결을 받게 해 주십시오. 법에 쓰여 있는 대로만 하면 됩니다. 지금은 모두가 평등한 세상이니까요. 저한테도 헌병대• 에서 근무하는 형님이 있는데요. 혹시 그게 누구인지 알고 싶으시다면…….”

“무슨 판결을 받겠다는 거야!”

그때 깊이 생각하던 순경이 한마디 한다.

“서장님, 이건 장군님 개가 아니에요. 장군님 댁에 이런 개는 없습니다. 그분이 키우는 건 이보다 훨씬 더 큰 사냥개들입니다.”

“확실히 알고 말하는 건가?”

“물론입니다. 서장님.”

“나도 그렇게 알고 있어. 장군님 댁의 개들은 혈통•이 분명한 값비싼 개들이지. 하지만 이 개는 털도 다 빠져 있고 모양새도 볼품없는 것이 흉측하기 짝이 없구먼. 어쨌든 흐류킨, 자네 참 고생했네. 이 일은 이대로 그냥 넘어가선 안 되겠어. 따끔한 맛을 보여 줘야 한다는 말이지! 지금이 어떤 세상인데…….”

“그런데 어쩌면 장군 댁의 개 같기도 합니다만…….”

순경이 다시 중얼거리듯 말한다.

“일전•에 이런 개를 장군님 댁 마당에서 보긴 했습니다.”

“확실히 장군님 댁의 개입니다!”

군중 속의 누군가가 외친다.

“흐음! 엘드이린, 나한테 외투를 입혀 주게……. 바람이 불기 시

- **헌병대** 헌병(군사 경찰의 구실을 하는 병과. 또는 그런 군인)으로 이루어진 부대.
- **혈통** 같은 핏줄의 계통.
- **일전** 며칠 전.

작했나? 왜 이렇게 몸이 오싹하지. 그리고 이 개는 자네가 장군님 댁으로 가져다드리고 그 댁의 개인지 확인해 보게나. 내가 발견해서 보낸 거라고도 말씀드려. 그리고 개를 거리에 내보내지 마시라고도 말씀드리게. 아마 비싼 개일 텐데 이상한 사람이 개의 얼굴에 담뱃재라도 들이대면 개가 중병에 걸릴 수도 있으니까 말이야. 그리고 이 바보야, 그 손 내려! 그 바보 같은 손가락을 보란 듯이 뽐낼 필요는 전혀 없어! 이건 자네의 잘못이니까!"

"장군님 댁의 요리사가 오고 있네요. 저 사람에게 물어보도록 하죠. 어이, 프로호르! 자네 이리 좀 와 봐! 이 개를 좀 보게. 이거 장군님 댁의 개인가?"

"무슨 말씀을! 장군님 댁에선 이런 개를 키운 적이 전혀 없어요!"

"그럼 더 이상 물어볼 필요가 없겠군. 이 개는 떠돌이 개야. 이 문제로 더 이상 이러쿵저러쿵할 필요 없어. 처치해 버리면 끝날 일이야."

그때 요리사가 말을 이어 간다.

"이건 장군님이 키우는 개가 아니라, 얼마 전에 방문차 와서 머물고 계신 장군님의 형님이 키우시는 개네요. 장군님은 보르조이종은 좋아하시지 않지만, 형님께서는 좋아하셔서……."

"아니, 장군님 형님께서 오셨다는 말인가? 블라지미르 이바니치께서 말이지?"

질문하는 오추멜로프의 얼굴 전체에 감격의 미소가 번져 나간다.

"아이고, 이런! 그런데도 난 까맣게 몰랐군! 손님으로 오신 건가?"

"그렇습니다."

"아이고, 이런. 동생이 많이 보고 싶어서 오신 모양이군. 난 오신 줄 정말 몰랐네! 그리고 이건 그분의 거라는 말이지? 정말 기쁘군. 개를 데리고 가게. 이 개는 아주 괜찮은 녀석이야. 아주 민첩하단• 말이지. 이 자의 손가락을 물었다네! 하하하. 아니 프로호르, 자네 왜 떨고 있나? 개가 으르렁거리는군. 이 녀석이 화가 난 모양이야. 참 귀여운 강아지일세."

프로호르는 개를 부르더니 개를 데리고 목재 창고를 떠난다. 군중이 흐류킨을 향해 깔깔댄다.

"너는 나중에 꼭 혼쭐을 내 주겠어!"

오추멜로프는 흐류킨에게 경고하는 말을 던지더니 외투로 몸을 감싸고는 시장 광장을 따라 원래 가던 길을 간다.

• **민첩하다** 재빠르고 날쌔다.

체호프, 안톤 파블로비치 (1860-1904)

소설가이자 극작가인 체호프, 안톤 파블로비치는 1860년 러시아에서 태어났습니다. 의사 생활을 하면서 단편 소설을 썼는데, 44세라는 이른 나이에 죽을 때까지 500편이 넘는 단편 소설을 썼습니다. 대표작으로 「관리의 죽음」, 「베짱이」, 「내기」, 「티푸스」 등이 있는데, 현실의 모순, 속물성과 탐욕을 다루면서 '비애'라는 감정과 '웃음'이라는 장치를 효과적으로 사용하였습니다. 체호프는 「갈매기」, 「바냐 아저씨」, 「세 자매」 같은 희곡도 썼는데, 이 작품들은 지금도 공연되고 있으며 근대적인 러시아 희곡의 대표작으로 손꼽힙니다.

활동하기

1 **사건과 인물의 특징 이해하기**

개의 주인에 대한 정보가 바뀔 때마다 경찰서장 오추멜로프의 반응이 어떻게 바뀌는지 적어 봅시다.

개의 주인에 대한 정보	오추멜로프의 반응
개의 주인이 누구인지 아직 모를 때	규정대로 개 주인에게 보상을 청구하여 혼쭐을 내려고 함.
지갈로프 장군님 댁의 개라고 할 때	①
장군님 댁의 개가 아니라고 할 때	개가 볼품없다고 트집 잡으며 따끔한 맛을 보여 주려 함.
확실히 장군님 댁의 개라고 할 때	②
프로호르가 장군님 댁의 개가 아니라고 할 때	③
프로호르가 장군님의 형님이 키우는 개라고 할 때	개가 아주 괜찮고 민첩하다며 프로호르에게 개를 데리고 가라고 시킴.

2 **작가의 의도 파악하기**

오추멜로프의 말이 바뀌는 것을 통해 작가가 비판하려는 인물의 특성을 말해 봅시다.

개의 주인을 모를 때: "이 일은 그냥 넘어가선 안 되겠군. 개를 아무렇게나 풀어놓으면 어떻게 되는지 보여 주겠어!"

장군님의 개라고 확신할 때: "개를 거리에 내보내지 마시라고도 말씀드리게. …… 이상한 사람이 개의 얼굴에 담뱃재라도 들이대면 개가 중병에 걸릴 수도 있으니까 말이야."

인물의 심리 파악하기

3 군중이 하는 말을 듣고 외투를 벗었다가 입었다가 하는 오추멜로프의 행동은 오추멜로프의 어떤 심리 상태를 드러내고 있나요?

지갈로프 장군 댁의 개 같습니다!	확실히 장군님 댁 개입니다!
지갈로프 장군이라고? 흠, 엘드이린, 내 외투를 벗겨 주게……. 정말 끔찍이도 무덥구먼.	흐음! 엘드이린, 나한테 외투를 입혀 주게……. 바람이 불기 시작했나? 왜 이렇게 몸이 오싹하지.

다르게 이해하기

4 개가 저지른 잘못에 대해 주인이 보상하는 것에 대한 두 사람의 대화를 보고 여러분은 어떻게 해야 한다고 생각하는지 써 봅시다.

흐류킨: 저의 일은 섬세한 것을 다루는 작업입니다. 그러니 제가 보상을 청구하도록 해 주십시오. 이런 손가락으로는 아마 한 주 동안은 아무것도 할 수 없을 테니까요…….

영미: 개가 저지른 잘못이라 하더라도 개의 주인이 관리를 잘못한 책임이 있으니 일주일 치 예상되는 수입을 보상해 주어야 한다고 생각해.

지수: 주인이 개의 행동을 일일이 감시할 수도 없고 주인이 개한테 흐류킨을 물라고 시킨 것도 아닌데 보상의 책임이 없다고 생각해. 그리고 보상을 해 준다 해도 일주일 내내 고정된 수입이 있는 상인이 아니니까 일주일 치 수입 전체를 보상할 필요도 없어.

내 생각:

작품 해설

정승 죽은 데는 안 가도 정승 개 죽은 데는 간다

체호프의 「카멜레온」은 매우 짧고 단순한 소설입니다. 주제도 아주 분명합니다. 경찰서장 오추멜로프라는 인물이 태도를 바꾸는 모습이 너무나 뻔뻔해서 독자들의 헛웃음을 유발합니다. 흐류킨을 문 개가 장군님 댁의 개일 때는 개의 편을 들고, 장군님 댁의 개가 아닐 때는 흐류킨의 편을 드는 오추멜로프의 모습을 통해 원칙과 줏대 없이 권력에 맞춰 사는 간사한 사람들을 비판하고 있습니다.

평범한 사람이 권력에 맞춰 태도를 돌변해도 문제가 될 텐데 오추멜로프는 경찰서장으로서 법과 원칙에 따라 사심 없이 법을 집행해야 하는 위치에 있으면서도 개인적인 욕심으로 일을 처리하니 더욱 큰 문제입니다. 결국 소설에서도 흐류킨은 개에게 물린 보상을 받지도 못하고 비웃음만 당합니다. 그래서 이 작품은 러시아가 법과 원칙이 잘 지켜지지 않았던 당시 사회의 모습을 비판하는 소설이기도 합니다.

우리나라에도 일제 강점기에 일본에는 아첨하고 힘없는 우리 백성들을 괴롭혔던 친일파가 있었지요. 친일파들은 해방 후에 미국에 붙어 경찰과 정치인이 되어 또 우리 국민들을 못살게 굴었습니다. 이들은 우리나라의 카멜레온들이라 불릴 만합니다. 선거철에는 국민에게 봉사하겠다고 온갖 좋은 말을 늘어놓다가 당선되고 나면 국민을 무시하는 현대의 정치인들도 카멜레온이라고 불릴 만합니다.

「카멜레온」에서 웃음을 유발하는 요소 중 하나는, 오추멜로프가 아첨하는 대상이 지갈로프 장군 본인도 아니고, 장군이 키우는 조그마한 개라는 부분입니다. 경찰서장이라는 높은 신분의 사람이 작은 개한테 쩔쩔매는 모습을 보여 줌으로써 웃음을 유발하고 비판의 의도가 더욱 날카롭게 드러납니다. 우리나라 속담에도 '정승 죽은 데는 안 가도 정승 개 죽은 데는 간다'라는 말이 있습니다. 정승의 개가 죽었을 때 문상을 가면 정승이 고마워하며 어떤 이익되는 일이라도 챙겨 주겠지만, 정승이 죽고 나면 정승이 자신에게 이익을 줄 수 없기 때문에 문상을 가지 않는다는 뜻으로 권세에 아첨하여 태도를 돌변하는 세태를 풍자하는 속담이지요.

+ 감상 더하기

• 광견병

여러분은 '광견병'이라는 말을 들어본 적이 있나요? '광견'은 '미친개'라는 뜻이라서 '미친갯병'이라고도 합니다. 주로 개에게 물려 감염되는데, 림프샘이 붓고 경련·호흡 곤란 따위의 격렬한 증상을 보이며 특히 물을 마시거나 보기만 하여도 공포를 느끼며 목에 경련을 일으키는 병입니다. 프랑스의 '파스퇴르'가 광견병 백신을 만들어서 조금은 나아졌지만 21세기인 지금도 개에게 물려 광견병 증세가 발현되는 경우 99.9% 사망에 이르는 무서운 병입니다. 다행히 요즘은 개를 키울 때 광견병 예방 주사를 맞히기 때문에 개에게 물려 광견병에 걸리는 일은 잘 없고 산에서 야생 동물에게 물렸을 때는 정말로 위험하니 조심해야 합니다.

• 탈룰라와 염량세태

'쿨러닝'이라는 스포츠 영화에서 썰매에 이름을 짓는 장면이 나옵니다. 한 사람이 '탈룰라'를 제안하자 나머지가 비웃고 놀리는데 "그건 우리 어머니 이름이야." 하니까 나머지가 모두 재빨리 "아주 멋진 이름이야."라고 하면서 태도를 바꿉니다. 이 장면이 너무 우스워서 인터넷에서 '탈룰라' 하면 태도를 급변하는 '밈'으로 널리 사용됩니다.

우리나라의 고사성어 중 말이 자꾸 바뀌는 것은 '조변석개'라 하고 권력에 아첨하는 것은 '교언영색'이라 하고 사람들이 권력에 따라 모였다 흩어졌다 하는 것은 '염량세태' 라고 합니다. 「카멜레온」의 오추멜로프는 군중의 말 한마디에 태도가 돌변하니 '탈룰라' 같고, 장군님의 형님에게 인사를 전하는 모습이 '교언영색' 같네요.

• 풍자 소설

풍자 소설은 현실의 부정적 현상이나 인물과 사회의 결점, 모순 등을 빗대어 비웃는 표현 방법을 사용한 소설을 말합니다. 현실의 부정적 현상이나 모순 등을 비판하되 동물이나 자연물의 모습에 빗대어 표현하면 우화 소설이 되고, 진지한 태도로 비판하면 리얼리즘 소설이 됩니다. 풍자 소설은 현실을 비판하면서도 웃음이 나오도록 표현한다는 특징이 있습니다. 그래서 개그 프로그램에도 '풍자'를 사용한 코너가 많이 있고 유머의 소재로도 많이 쓰입니다.

엮어 읽기

『꺼삐딴 리』 • 전광용

「꺼삐딴 리」에는 일제 시대에 '일본'의 편을 들며 민족을 위해서는 힘을 쓰지 않은 '이인국'이 나옵니다. 해방 후에 친일파로 몰려 대가를 치를 줄 알았지만 이번에는 '소련'의 편을 들어 위기를 모면합니다. 한국 전쟁이 끝난 뒤에는 '미국'의 편을 들어 출세할 계획을 세우면서 세상을 자기처럼 영리하게 살아야 한다고 자부심을 가지는 '이인국'의 모습을 '오추멜로프'와 비교하며 읽어 봅시다.

작품 출처

하근찬, 「수난이대」, 『하근찬 선집』, 현대문학(2011)

양귀자, 「원미동 사람들-일용할 양식」, 『원미동 사람들』, 쓰다(2012)

이금이, 「아일랜드 베이비」, 『사랑의 입자』, 문학동네(2018)

박지원 / 김수업 글, 「양반전」, 『박지원의 한문 소설, 한 푼도 못 되는 그놈의 양반』, 휴머니스트출판그룹(2021)

이기호, 「아파트먼트 셰르파」, 『웬만해선 아무렇지 않다』, 마음산책(2024)

김중미, 「느티나무 수호대」, 『느티나무 수호대』, 돌베개(2023)

위다 / 김양미 옮김, 「플랜더스의 개」, 『플랜더스의 개』, 인디고(2012)

체호프, 안톤 파블로비치 / 백준현 역, 「카멜레온」, 『체홉 명작 단편선 2』, 작가와 비평(2021)

수록 교과서

하근찬, 「수난이대」: 해냄에듀 2-2, 비상(박영민) 2-2, 천재(노미숙) 2-2, 미래엔(민병곤) 2-2

양귀자, 「원미동 사람들-일용할 양식」: 비상(박현숙) 2-2

이금이, 「아일랜드 베이비」: 해냄에듀 2-1

박지원, 「양반전」: 해냄에듀 2-1, 비상(박영민) 2-1, 천재(노미숙) 2-1, 동아출판 2-2, 지학사 2-2, 미래엔(신유식) 2-2

이기호, 「아파트먼트 셰르파」: 천재(정호웅) 2-2

김중미, 「느티나무 수호대」: 미래엔(민병곤) 2-2

위다, 「플랜더스의 개」: 해냄에듀 2-1

체호프, 안톤 파블로비치, 「카멜레온」: 미래엔(신유식) 2-2

활동하기 예시 답안

하근찬, 「수난이대」 32~33쪽

1 ① 전쟁터 ② 고등어 ③ 징용 ④ 팔뚝 ⑤ 다리 ⑥ 국수 ⑦ 외나무다리

2 ①-㉡ ②-㉢ ③-㉠

3 ① 일제 강점기(태평양 전쟁) 시기로, 만도는 징용에 끌려가 강제 노동을 하게 되고, 고된 환경에서 일하다 한쪽 팔뚝을 잃는 큰 부상을 당하게 된다.
② 한국 전쟁 시기로, 진수는 군인으로 징집되어 전쟁에 참전하게 되고, 수류탄 파편에 맞아 한쪽 다리를 잃는 큰 부상을 당하게 된다.

4 전쟁과 역사적 비극 속에서도 삶을 포기하지 않고 묵묵히 살아가는 민중의 강인한 의지와 부자 간의 사랑, 세대 간 연대를 보여 주고자 한다.(또는, 전쟁으로 인해 상처 입고 불편한 몸이 되었더라도, 서로 도우며 살아가는 삶의 자세와 인간다운 존엄을 강조하고자 한다.)

양귀자, 「원미동 사람들 - 일용할 양식」 68~69쪽

1 ① 김포 슈퍼 ② 형제 슈퍼 ③ 가격 경쟁 ④ 난처 ⑤ 이익 ⑥ 싱싱 청과물 ⑦ 동맹 ⑧ 폐업 ⑨ 잔인함과 씁쓸함 ⑩ 전파상

2 ①-㉢ ②-㉣ ③-㉠ ④-㉡

3 도시 변두리 서민들이 하루하루 먹고살기 위해 버티며 살아가는 불안한 생계와 생존의 현실을 보여 주고자 했다.

4 (1) '봄볕'이 상징하는 의미: 추운 겨울이 끝나고 따뜻한 햇살이 비치듯, '싱싱 청과물'이 문을 닫는 힘들고 차가운 현실 속에서도 사람들 마음에 남아 있는 따뜻함과 희망을 나타낸다.
(2) 이 결말을 통해 작가가 전하고자 한 생각: 김포 슈퍼나 형제 슈퍼, 싱싱 청과물 사람들은 나쁜 사람이 아니라, 그저 하루하루를 살아가기 위해 애쓰는 평범한 사람들임을 보여 준다. 작가는 이런 사람들을 비난하지 않고 따뜻한 마음으로 바라보며, 힘든 세상에서도 인간다움과 희망이 남아 있음을 알려 주고자 한다. 그래서 '봄볕'은 경쟁 속에서도 서로를 이해하고 다시 살아가려는 마음, 그리고 공동체가 회복될 가능성을 상징한다고 볼 수 있다.

이금이, 「아일랜드 베이비」 106~107쪽

1 ① 한국 여행 ② 제주도 ③ 아일랜드 베이비 ④ 정체성 ⑤ 거인 할머니의 솥 ⑥ 응원 ⑦ 사랑 ⑧ 소중함

2 ① 6개월 ② 미국 ③ 선입견 ④ 창피해함 ⑤ 한국

3 ① 가족들 ② 당황함 ③ 분노 ④ 호의 ⑤ 수용함

4 ① 한국 여행에 불편함을 느끼는 '나'가 가족에 소속감을 느끼지 못하며 소외감과 고립감을 느낀다.
② '나'가 '입양아'라는 사실을 바꿀 수 없지만, 서로 다른 문화의 정체성을 연결하고 통합하는 일은 오롯이 자신의 노력과 선택에 달려 있음을 의미한다.
③ 레오의 말은 '나'의 내면에 깊이 남아 있던 고립감과 상처를 녹이며, 가족과의 관계를 긍정적으로 받아들이도록 작용한다. 그리고 '나'는 자신이 얼마나 부모님을 사랑하고 소중하게 느끼는지 깨닫는다.
④ 소설의 주제: 입양아가 느끼는 정체성의 혼란과, 이를 극복하는 과정에서 깨달은 가족의 사랑

5 (예시 답안 생략)

박지원, 「양반전」 122~123쪽

1 양반 - ② 부자 - ① 군수 - ③

2 옳고 어질고 슬기로워야 한다.

3 ① 현실 감각 없이 무능한 양반의 모습
② 양반이 백성들에게 특권을 행사하며 못살게 구는

모습

4 준서의 해석에 더 공감되기는 하지만 나는 조금 다르게 생각한다. 군수가 첫 번째 증서에는 진심으로 양반으로서 지켜야 할 약속을 적어 준 것 같은데, 부자가 양반의 자세를 갖출 생각은 안 하고 자신에게 이익이 되게 고쳐 달라는 말을 듣고 화가 나서 두 번째 증서에는 부자가 기겁할 내용을 일부러 적은 것이라고 생각한다.

이기호, 「아파트먼트 셰르파」 134~135쪽

1 ① 힘들고 포기하고 싶다. ② 당황하고 놀랍다.
③ 절망적이고 억울하다. ④ 고맙고 감격스럽다.

2 배달원의 고생을 덜어 주기 위해서 한 말이다.

3 자신들이 누리는 편리함을 위해 보이지 않는 곳에서 고생하는 사람들의 고통을 외면하는 문제점

4 엘리베이터에 <배달원의 고생을 덜어 주기 위해 엘리베이터 사용을 허락합시다> 라는 제목의 글을 써서 붙인다. 배달원이 엘리베이터를 사용하느라 잡고 있으면 고층 사람들이 올라가거나 내려갈 때 시간이 많이 지체되는 점을 공감해 주고 주민의 출입이 적은 저녁 시간 이후에 야식 배달할 때만이라도 허락하자고 해 본다.

김중미, 「느티나무 수호대」 154~155쪽

1 ① 쿨레칸 ② 브이로그

2 요한의 출신 나라가 따로 있는데도 아프리카 사람으로 묶어서 취급하는 것은 요한의 개인적 특성을 존중하는 태도가 아니기 때문이다.

3 보호하는 울타리 안에 갇혀서 혼자 외롭게 오래 사는 것보다 사람들과 동물들이 곁에 와서 만지고 올라타고 앉아서 쉬면서 함께 살아가는 것이 더욱 나무다운 삶이라고 생각한다.

4 개발도 중요하지만 마을 사람들의 추억이 담긴 나무를 함부로 베는 것은 좋지 않은 것 같다. 아파트를 짓더라도 아파트에 당산나무를 위한 공간을 함께 만들어서 보존하면 더욱 멋진 아파트로 널리 알려질 것 같다.

위다, 「플랜더스의 개」 168~169쪽

1 ① 파트라슈 ② 간호 ③ 건초 잠자리 ④ 기쁨
⑤ 우유 수레 ⑥ 사랑

2 ❶ → 걱정과 정성 어린 돌봄의 마음
❷ → 회복을 함께 기뻐하는 감동의 마음
❸ → 감사와 보답의 마음
❹ → 서로에게 의지하며 신뢰하는 행복한 마음
① 밖 ② 인물의 생각과 감정을 직접 서술하기(또는 인물의 생각과 감정을 직접 서술하는 전지적 작가 시점을 사용하기)

3 ① - Ⓛ ② - Ⓒ ③ - ㉠

4 가난하고 힘든 현실 속에서도 사랑과 신뢰를 통해 진정한 행복을 찾을 수 있다는 것

5 어릴 적 힘든 일이 있었을 때 내 이야기를 조용히 들어주던 친구가 있었다. 말 한마디 없이 옆에 있어 준 그 친구가 나에게는 '넬로'처럼 따뜻한 존재였다. 그때의 고마움을 기억하며, 나도 누군가가 어려움에 처했을 때 먼저 손 내밀어 주는 사람이 되고 싶다고 느꼈다. 『플랜더스의 개』를 읽으며 진심 어린 마음은 말보다 큰 힘이 있고, 서로를 위로하는 관계가 삶을 단단하게 만든다는 것을 배웠다.

체호프 안톤 파블로비치, 「카멜레온」 182~183쪽

1 ① 개가 물었다는 사실을 믿지 않고 흐류킨이 스스로 다쳤는데 개한테 덮어씌우려 했던 걸 거라고 말함.
② 개를 장군님 댁으로 가려다드리라고 함.
③ 떠돌이 개니까 처치해 버리라고 함.

2 원칙과 줏대 없이 권력에 맞춰 사는 간사함을 가짐.

3 당황해서 땀이 삐질삐질 나거나 장군님의 반응이 무서워서 소름이 끼쳐 오싹해지는 등 장군님에 대해 부담

스러워하는 심리가 드러난다.

4 내 생각에는 경우에 따라 다른 것 같다. 만약 개의 주인이 입마개를 안 하거나 목줄을 안 채우는 등 관리를 소홀히 했다면 개 주인에게 보상을 청구해야 하고, 개의 주인이 잘 관리했는데 개가 목줄도 끊고 입마개도 스스로 벗어 사람을 물었다면 단순한 사고라고 생각해야 할 것이다.